Insértion au bulletin.

Le secrétaire du district de Saint-Léonard, département de la Haute-Vienne, annonce que des fonds provenans d'émigrés, estimés 121,717 liv., ont été vendus 207,000 liv.; & qu'un lot qui n'étoit estimé que 39,412 liv., a produit 79,200 liv.

Insértion au bulletin.

Les officiers municipaux & le juge-de-paix de la commune de Nemours, font part à la Convention nationale qu'un crime commis dans cette commune a donné lieu à un trait de courage & d'humanité, qui mérite d'être consigné dans les annales d'une grande République.

B [illegible]

LE
PREVÔT DE PARIS,

OU

MÉMOIRES
DE SIR DE CAPEREL.

TOME III.

DE L'IMPRIMERIE DE LEFEBVRE,
RUE DE BOURBON, N°. 11.

LE

PREVÔT DE PARIS,

OU

MÉMOIRES

DE SIR DE CAPEREL,

SOUS LE RÈGNE DE PHILIPPE V, DIT LE LONG ;

PAR L'AUTEUR D'AGNÈS SOREL.

TOME TROISIÈME.

A PARIS,

CHEZ LEROUGE, LIBRAIRE, passage du Commerce, quartier St.-André-des-Arcs.

1817.

gré, estimé 25,209 liv., a été vendu 99,075 liv.; & qu'un autre, divisé en 29 lots, estimé 21,869 liv., a été vendu 118,555 liv.

LE
PREVÔT DE PARIS,
OU
MÉMOIRES
DE SIR DE CAPEREL.

CHAPITRE XVIII.

Depuis deux jours Agathe n'avait point vu Clotilde. Elle ignorait que le Prevôt eut pris la résolution de retourner à Paris; elle savait les dangers auxquels la présence de Caperel exposait madame de Venette, et tremblait toujours d'apprendre que la vertu de son amie n'ait pu résister à la vivacité de son amour. Agathe aime; elle connaît la force de ce sentiment, surtout lorsqu'il n'est jamais permis d'espérer de le rendre légitime; mais elle sait aussi que Clotilde ne résisterait pas à ses remords. Son inquiétude va toujours croissant; enfin, ne pouvant la supporter, elle demanda à son père de lui permettre d'aller à Arras. André eût bien voulu l'accompagner; mais Longpré le lui défend: il a besoin de lui. Agathe dit à Perpétue de la suivre, et elle monte à cheval. Mademoiselle Longpré, depuis la mort de sa mère, avait ajouté un peu à l'élégance de sa parure. Ce jour-là elle était mise avec la plus agréable simplicité. André l'avait trouvé charmante; et elle pensait au bonheur qu'elle aurait à lui être unie, lorsque, par une destinée bien malheureuse, elle rencontra Gendulphe, et éprouva un mouvement involontaire de terreur à sa vue. Il était monté sur un superbe cheval vêtu d'écarlate; son manteau était attaché par des agrafes d'or; tout en lui annonçait l'opulence et la richesse. Il manie son coursier avec grâce; mais il y a dans sa physionomie quelque chose de dur et d'altier. Il voit Agathe, qu'il ne reconnaît pas d'abord; et oubliant tout ce qu'il doit à une épouse vertueuse, il forme le projet de séduire cette jeune personne, car il ne doute point qu'il ne puisse encore plaire. Pressant donc le pas de son cheval, il dépasse les voyageuses, puis tournant bride aussitôt, il vint sur elles, et leur crie d'arrêter. Agathe effrayée voudrait faire presser le pas à sa monture; mais Gendulphe et son valet lui barrent le chemin. Alors, ne prenant confiance qu'en Dieu, elle s'arrête en effet, et demande à Loyac ce qu'il veut. — Vous le savez bien, gentille bachelette. Croyez-vous que je puisse vous laisser passer ainsi sur mes terres sans payer péage. — Je ne savais pas, Seigneur, qu'il vous en fût dû; aucuns de vos gens ne me l'ont jamais demandé. — Je le prends moi-même, surtout sur de si jolis minois que le vôtre, et ne leur laisse que les vieilles édentées. — Combien faut-il? — Deux baisers. — Monseigneur plaisante; on ne peut donner ce que l'honneur défend. — Nécessité n'a point de loi, je suis le plus fort. — Dieu l'est plus que vous, et me délivrera. — Vous avez tort d'attendre aucuns secours. Il n'y a personne dans ce canton qui ne craigne le baron de Loyac, et qui veuille s'opposer à ses volontés. —. Si les hommes m'abandonnent, Dieu prendra ma défense. En disant ces mots, ses beaux yeux se levèrent vers le Ciel; à l'instant, la foudre gronde, et vient tomber aux pieds du cheval de Gendulphe, et le renverse sur son maître. Agathe, reconnaissant la protection du Ciel, ne perd pas un instant, et retourne à toute bride chez son père, à qui elle raconte cette singulière aventure. André bénit le Ciel, et l'engage à ne plus s'exposer à de semblables rencontres.

Cependant Gendulphe, aidé de son valet, se débarrasse de dessous son cheval, et cherche quel chemin à pu prendre celle que le Ciel a tiré si miraculeusement de ses mains. Il est obligé de monter le cheval de suite, car le sien était hors d'état de le porter, ayant été frappé de la foudre. Le pauvre animal resta sur le chemin à demi mort, portant la peine des fautes de son maître. M. de Loyac donna ordre à son valet de s'informer quelle est la jeune fille qu'ils ont rencontrée, et sans être touché du secours qu'elle avait reçu du Ciel, il n'en poursuivit pas moins son projet. Enfin, après beaucoup de recherches, il apprend que c'est la fille de Longpré qu'il avait vu autrefois chez Clotilde, et que les années et son amour pour André avaient embellie. Cette découverte ajoute au désir de s'en rendre maître; il veut venger sur elle les mépris de mademoiselle de Champeaux. Il se rend aussitôt chez Longpré, et trouve Agathe brodant près de son père. L'horreur qu'elle éprouve lui arrache un cri qui n'apprend que trop à Longpré que le baron de Loyac est là. Il ordonne aussitôt à sa fille de se retirer. Le Baron prétend que ce n'est pas nécessaire, qu'il n'a rien à dire que cette belle enfant ne puisse entendre. Et moi, je ne le veux pas, dit Longpré, avec un ton de hauteur qui surprit Gendulphe, car il n'était pas accoutumé qu'on lui résistât. Savez-vous à qui vous parlez.—Très-bien; mais je suis ici dans ma famille ; et le baron de Loyac n'a pas le droit de trouver mauvais ce que je trouve bon. — Vous voudriez me fâcher, mon cher Longpré, mais je n'en suis pas d'humeur aujourd'hui ; causons seulement de bonne amitié, et Longpré secouait la tête, et ne paraissait pas mettre grande foi à ce que lui disait le Baron.

Cependant Agathe s'étant retirée,

Gendulphe s'assit près du Tabellion, qui ne s'était point levé depuis l'instant où il était entré. Ah! çà, dit-il, en lui frappant sur le genou, papa Longpré, je veux vous attacher à ma justice. — Pour juger vos délits. — Non pas, je ne reconnais sous le Ciel d'autre tribunal que mon épée, et j'y appelle tout ce qui résiste à ma volonté. — Prenez garde, Seigueur, vous lasserez la patience de Dieu et des hommes. — Conte de bonnes femmes que cela; mais venons au fait. Vous avez une jolie fille qui, dit-on, est fiancée à votre clerc. Eh bien! je lui donne cent pièces d'or de dot, si elle vient, avant son mariage, passer huit jours dans mon château pour surveiller des ouvrières que j'ai pris pour raccommoder mon linge; huit jours, pas davantage. — Pas dix minutes, Monseigneur, car je sais que madame la baronne de Loyac, que je révère, n'est pas chez elle. — C'est pour cela que j'ai besoin d'avoir votre fille, qui travaille, m'a-t-on dit, comme les fées. — Qu'elle travaille bien ou mal cela ne vous regarde pas, et obligez-moi de ne pas insister, parce que je ne répondrais pas d'entendre aussi patiemment une seconde fois cette outrageante proposition. — Que voulez-vous dire, mon cher Tabellion. — Vous le savez bien, Seigneur; pardon si je ne vous tiens pas plus long-temps compagnie, mais j'ai un acte pressé à rédiger. — Vous le rédigerez un autre jour. Je vous conseille de ne pas mettre d'humeur; ce que je propose aujourd'hui, demain je l'exécuterai sans votre permission. — Ce sera donc sur mon corps sanglant, mais alors la justice mettra un terme à vos crimes. — Il vous convient bien, faquin que vous êtes, d'oser juger mes actions; mais réfléchissez à ce que je vous dis, je vous laisse vingt-quatre heures, et tremblez si vous cherchez à soustraire votte fille. Votre vie m'en répondra, et il sortit.

Longpré, dès que le Baron se fut éloigné, appela sa fille et André, leur raconta sa conversation avec Gendulphe, et leur dit : Mes amis, allons trouver le curé, qu'il vous marie, et partez à l'instant pour Poitiers, où ma sœur vous recevra à bras ouverts. — Quoi! dit Agathe, me marier sans en informer madame de Venette, et partir sans la revoir? je me charge de t'excuser auprès d'elle. Quand elle saura le danger que tu courrais si tu restais un jour de plus dans le canton, elle m'approuvera. — Je pourrais au moins lui écrire un mot. — Tu écriras quand tu seras à Poitiers. La moindre indiscrétion nous perdrait. Tu ne connais pas le Baron ; il est capable de tous les crimes. André appuya si fortement l'avis de celui qui allait être son père, qu'Agathe n'eut plus d'objections à faire : d'ailleurs, elle aimait trop tendrement pour ne pas voir avec plaisir avancer l'instant où elle porterait le nom de son amant ; elle obéit donc.

Et en sortant de l'église, où le curé avait béni leur union (*), les époux montèrent à cheval, et s'arrêtèrent à

(*) Dans ce temps, il ne fallait que le consentement des deux parties et la bénédiction d'un prêtre pour rendre un mariage valable.

peine pour faire manger leurs chevaux, et les laisser prendre haleine; ils arrivèrent ainsi à Poitiers, où en effet la bonne tante fut dans l'enchantement de les voir. Elle donna mille marques d'amitié à Agathe, qui se serait trouvée trop heureuse si elle n'avait pas été séparée de son père, pour qui elle redoutait le voisinage de Loyac, et qu'elle n'eût pas été privée du bonheur de voir sa chère Clotilde, dont la position lui paraissait bien dangereuse. André n'était pas moins affligé d'avoir quitté Henri sans lui apprendre la raison d'un si brusque départ; mais ils se promettaient l'un et l'autre d'écrire à leurs bienfaiteurs dès que la prudence le permettrait; et en attendant, les délices d'un amour vertueux et réciproque les consolaient des peines que l'amitié leur causait. Tandis qu'ils en savourent tous les charmes, laissons-les à Poitiers, où nous les retrouverons peut-être, et retournons au château de Loyac.

CHAPITRE XXIX.

Le seigneur de Loyac ne laissa point passer le second jour sans se rendre chez Longpré, pour savoir s'il était décidé à suivre ses volontés. La maison du Tabellion était, comme on sait, écartée de toute habitation ; les voisins les plus proches assez éloignés pour que le Baron ne vît aucune difficulté à exécuter son infâme projet. Dans le cas où le père d'Agathe voudrait encore lui résister, il arrive à la porte, accompagné de quatre coquins qu'il tenait à ses gages pour ses sortes d'exécutions. Ils frappent, le vieillard se présente. Loyac met pied à terre, ainsi que ses satellites; il pousse rudement Longpré qui l'arrêtait à l'entrée de la maison, pour savoir ce qu'il voulait, et parvient, avec ses compagnons, dans une salle basse, dont il ferme la porte en dedans, entraînant avec lui le vieux Tabellion. Où est ta fille, lui demande Gendulphe. — Elle n'est pas ici, Monseigneur. — Elle devait y être, d'après ce que je t'avais dit. — C'est précisément, Monseigneur, ce que vous m'avez dit qui m'a déterminé à la marier, et à la faire partir avec son époux. — Agathe est mariée, c'est impossible. Astucieux vieillard, tu me trompes, mais je vais bientôt savoir la vérité; et il ordonna à ses compagnons de prendre Longpré, de le lier à un poteau qui se trouvait dans la chambre, et de parcourir la maison pour y chercher

Agathe. Il ne trouvèrent que la vieille servante qui s'enfuit à leur aspect; ils reviennent, et assurent Loyac qu'ils n'ont point trouvé Agathe. Alors rien n'est comparable à sa rage. Il se jette sur le père d'Agathe, et lui mettant la pointe de son épée sur la gorge, il lui dit : Déclare où est ta fille, ou c'en est fait de toi.—Je ne crains pas la mort, mais l'infamie, et je ne déclarerai jamais où est Agathe. Le Baron ordonna à ses gens de le frapper jusqu'à ce qu'il ait avoué où est sa fille. Ses ordres barbares ne furent que trop bien exécutés. Ces malheureux lui enfoncèrent la pointe de leurs épées dans le corps, assez pour lui causer de violentes douleurs, pas assez pour attenter à sa vie. Mais ce digne père est inébranlable, son sang ruisselle, ses forces l'abandonnent, et sa généreuse constance est au-dessus de la douleur. Cependant il appelle à son secours : ses assassins ne craignent point qu'on y vienne ; mais le Ciel, qui voulait récompenser les vertus de Longpré et donner un exemple mémorable dans celle de sir de Venette, ménage un défenseur à Longpré. Le sir de Venette, Henri et leurs amis qui se rendaient, comme on sait, à Champeaux pour la partie de chasse qui devait avoir lieu avant le départ du Prevôt, par un effet du hasard se trouvent sur cette route à l'instant où le père d'Agathe implore l'assistance de ceux qui passeraient sur le grand chemin. Ces cris frappent d'abord Fonfrède. — Qu'est-ce que j'entends, dit-il. — Rien ; quelques querelles de ménage qui ne valent pas qu'on s'en mêle, reprend Faustin. — C'est plus que cela, je vous jure. Entendez-vous les cris répétés. Ah ! je ne passerai pas, je veux voir ce que cela peut être.

Quatre de la troupe de la suite se détachent, et vont, avec le sir de Venette, savoir de quoi il s'agit. Nous vous attendrons, dit sir de Caperel, de l'autre côté du bois. Les quatre hommes qui suivirent Fonfrède étaient Bernard et Faustin, Sylvestre et Landry. Fonfrède et ses compagnons, en s'approchant, reconnaissent que les cris partent de la maison de Longpré ; il se hâtent encore plus de s'y rendre. Quand ils sont à la porte, ils entendent distinctement les derniers accents d'une voix qui s'affaiblissait. Ils frappent à la porte, on ne répond pas, ils l'enfoncent. Leur arrivée subite effraie Loyac. Il abandonne sa victime, et se sauve avec les siens, par la porte de la cour, où ils avaient fait entrer leurs chevaux, s'élancent dehors, traversent le jardin, franchissent la haie, et fuient de toute la vitesse de leurs chevaux dans une plaine immense, où on les perd bientôt de vue.

Fonfrède ne pense qu'à secourir le malheureux Tabellion, qui est sans connaissance; il le délie, et aidé des quatre hommes qui l'accompagnent, ils le montent dans sa chambre, le placent sur son lit, appellent la servante qui ne paraît pas. L'un des amis de sir de Venette retourne à la ville chercher un chirurgien. Personne ne pense à faire une déclaration à la justice, qui les eût mis à l'abri de l'horrible complot dont ils sont menacés: Fonfrède ne quitte pas le blessé. Le chirurgien arrive, sonde les plaies, en trouve de dangereuses, et demande quelqu'un pour soigner le malade. On cherche dans toute la maison, on trouve enfin la vieille servante blotie derrière un tas de paille nouvellement battue. On eut beaucoup de peine à la tirer de là, tant elle était effrayée. On la fait monter auprès de Longpré, qui était toujours dans le même état. Fonfrède, voyant qu'il n'a plus rien à faire se retire, non sans demander à la servante, qu'il connaissait et dont il était connu, ce qu'étaient devenus les assassins, et où était Agathe. — Hélas! monsieur, elle est partie avec André son mari, et voilà pourquoi le digne M. Longpré, mon maître, a été ainsi traité. — Fonfrède se promit bien d'avoir l'explication de ce que disait la vieille Perpétue, et comme l'heure s'avançait, il sortit de cette maison, où il eût été à désirer qu'il n'eût jamais mis le pied, et rejoignit les chasseurs qui l'attendaient, et qui presque tous le connaissaient et l'aimaient.

On lui fait raconter ce singulier événement, et il le fit avec toute la chaleur de l'amitié. Il dit qu'il espérait que le malade se rétablirait, et qu'alors il dirait quel était celui qui l'avait assassiné. Je le connais, ajouta le sir de Venette. — Et nous aussi dirent ses amis; mais il ne nous convient point d'être ses dénonciateurs. On continua la route jusqu'à Champeaux, où Fonfrède, en arrivant, donna les ordres, afin que tout fût prêt pour la chasse; une halte au rendez-vous, et un magnifique souper au retour, devait rendre cette journée très-agréable. Hélas! le sir de Venette était loin de penser au malheur dont il était menacé.......

Sylvestre et Landry qui, s'étant fait passer pour gentilshommes, avaient été admis dans la société, avaient, comme nous l'avons dit, accompagné Henri à cette partie de chasse. En arrivant dans la forêt, ils étaient près de Fonfrède, qui bientôt ne les vit plus. Il pensa qu'ils s'étaient égarés dans le bois, réellement ils s'y étaient enfoncés; mais comme ils en connaissaient tous les détours, ils prirent une route qui conduisait à Arras, où ils se rendirent Nous saurons plus tard dans quelle intention.

La chasse fut très-brillante. La terre de Champeaux était parfaitement conservée, moins par la sévérité des gardes, que par l'amour que les vassaux de Fonfrède avaient pour lui. Ils respectaient ses plaisirs, et il n'y avait pas eu, depuis dix ans que l'épouse de Fonfrède était en possession de la terre de Champeaux, un seul procès pour fait de chasse. Il était le père des habitans de ses terres, et ils avaient pour lui le respect et l'amour que des enfans ont pour l'auteur de leurs jours.

On revint assez tard, on soupa longuement, et la gaieté, la loyauté régnaient parmi les convives; tous n'étaient occupés que du plaisir de raconter leurs faits de chasse. Il était trop tard pour retourner à Arras : on coucha à Champeaux. Henri était inquiet de ceux qu'il appelait ses amis. Tout le monde disait : Ils se seront écartés sans s'en apercevoir, et se voyant, vers la fin du jour, proche d'Arras, ils y seront retournés. Henri convint que cela pouvait être, et on se sépara.

CHAPITRE XXX.

LE matin, après un ample déjeuner, on remonta à cheval et on reprit la route de la ville. Fonfrède demanda la permission en passant de s'arrêter chez Longpré, pour savoir de ses nouvelles, et Bernard et Faustin, qui l'y avaient accompagné la veille, dirent aussi qu'ils y entreraient avec lui.

Caperel dit qu'alors ce serait là où il ferait ses adieux au sir de Venette, ayant envoyé l'ordre à ses gens de venir l'attendre à la porte de Paris avec ses mulets chargés, et qu'apparemment Stressi et Landry s'y trouveraient. Fonfrède, qui était fort aise de voir partir le Prevôt, n'insista pas pour le retenir davantage, et en effet, étant arrivés à la maison de Longpré, ils descendirent de cheval. Caperel embrassa le Châtelain avec toutes les démonstrations de l'amitié, l'assurant qu'il ne voulait point que le procès qu'il était forcé d'intenter contre le seigneur de Champeaux altérât l'attachement qu'il avait voué au sir de Venette. Fonfrède lui répondit dans le même sens, et ils se séparèrent. Henri remonta à cheval avec la troupe des chasseurs, et ayant trouvé en effet ses équipages à la porte de Paris, il en prit la route, ne comprenant pas que Sylvestre et Landry ne se fussent pas trouvés avec ses gens, devant l'accompagner à Paris.

Fonfrède, comme nous l'avons dit,

entra chez Longpré, qu'il trouva dans le même état que la veille : il n'avait pas encore repris sa connaissance. Le chirurgien assurait cependant qu'aucunes des plaies n'étaient mortelles. Perpétue se désolait. Encore, disait-elle, si je savais où sont allés André et mademoiselle Agathe, je leur ferais écrire pour qu'ils vinssent soigner leur père; mais je n'ai seulement pas su qu'ils partaient, et mon maître n'a jamais voulu me dire où il les avait envoyés. Je me doute cependant qu'ils sont allés à Poitiers, chez la sœur de notre maître, dont, comme vous le savez, mon bon Seigneur, le mari est intendant et régisseur du château de Neuville. Dieu en soit béni! pour moi, j'aimerais mieux mourir que d'approcher tant soit peu de ce château, dont le diable s'est emparé.

Quand madame Lenfranc est venue il y a dix ans, elle nous a fait des récits de tout ce qui s'y passe, qui font frémir : ce sont des cris.... des bruits souterrains.... Enfin, je mourais de peur quand j'entendais jaser de tout cela ; et que serait-ce si j'y étais? Oh! je suis bien aise qu'Agathe ne m'ait point emmenée; mais aussi vous conviendrez que c'est bien douloureux de voir ce pauvre cher homme dans l'état où il est. La vieille avait raconté tout ce que je viens de dire avec une telle volubilité, que le sir de Venette n'avait pas trouvé l'instant de placer un seul mot.

Enfin, une toux violente, qui tourmentait Perpétue depuis vingt ans, la fit taire; et M. de Venette, après avoir encore considéré ce pauvre Longpré, remit dix carolus à la vieille pour qu'elle eût de son maître les plus grands soins. La vieille prit l'argent, en disant que ce n'était pas nécessaire pour qu'elle soignât bien ce digne homme. Fonfrède, après lui avoir recommandé le plus profond secret, la quitta et remonta à cheval pour se rendre avec empressement auprès de sa chère Clotilde, qu'il craignait de trouver déjà instruite du malheur d'une famille pour laquelle il connaissait toute son affection.

Il était accompagné de ses deux amis et de ses gens. Il traverse Arras, couvert des bénédictions du pauvre et des marques d'estime et d'attachement de ses égaux et des citoyens aisés de la ville. Il arrive à la porte de son hôtel : il est surpris d'y voir beaucoup de gens armés; ils se rangent pour le laisser entrer. Clotilde, qui a entendu de loin le pas des chevaux, vient sur le perron, tenant ses deux fils par la main, au-devant de celui pour qui elle a la plus tendre amitié. Fonfrède la voyant, descend de cheval et s'avance pour l'embrasser, lorsque le commandant de la troupe qu'il avait vu à sa porte, entre suivi des siens, et au nom du Roi lui signifie l'ordre de le suivre chez le juge.

Clotilde se précipite entre son époux et ceux qui venaient l'arrêter. Venette, surpris au dernier point d'un ordre dont il ne peut comprendre la raison, ne cherche point néanmoins à faire la moindre résistance. Il embrasse Clotilde, ses enfans, et dit qu'il va revenir; que ce ne peut être qu'une méprise; qu'assuré de n'avoir commis aucuns délits, il ne pouvait être accusé; qu'il ne craignait rien: et priant en grâce sa femme de ne pas s'affliger, il remonta à cheval entouré de ceux qui étaient porteurs des ordres de la justice, et se rendit chez le juge.

C'était un de ces êtres à qui il n'a manqué qu'une occasion pour être un malhonnête homme, et bientôt Fonfrède n'en eut que trop la preuve, lorsqu'en entrant, le Châtelain lui dit: — Seigneur juge, j'obéis à la loi; je n'ai cependant aucun doute que ceci est une méprise. — Une méprise! Pouvez-vous employer cette expression? Une méprise! Quoi! vous ne descendez pas dans le fond de votre conscience? Le sang innocent ne crie pas vengeance contre vous? — De quel sang voulez-vous parler? J'ai servi avec honneur sous le feu Roi; et si mes armes ont été trempées du sang de nos ennemis, je n'ai employé

contre eux qu'une juste défense, et...
— Ce n'est point pour les faits d'armes que l'on vous recherche en ce moment ; mais pour un crime récent, qui fait horreur à la nature : être trois à attaquer un vieillard désarmé. — De qui voulez-vous parler ? — De vous-même et du pauvre Longpré, que vous avez lâchement assassiné. L'horreur d'une pareille accusation rendit Fonfrède muet pendant quelques minutes, et frappa de terreur ses deux amis. Cependant, Bernard retrouva le premier la faculté de parler, et s'écria : Quoi ! l'on ose nous accuser d'être les assassins de celui qui nous devra peut-être la vie, et il raconta sur-le-champ tout ce qui s'était passé. Le juge lut la dénonciation des témoins Landry et Strossy, et ordonna sur-le-champ qu'ils comparussent.

Qui peindra l'indignation que ces monstres inspirèrent au seigneur de Champeaux! Elle fut telle qu'il les traita comme les plus vils des humains; demanda qu'on interrogeât le chirurgien, Perpétue, le malade même, dès qu'il aurait recouvré la possibilité de répondre. Faustin, cet ami fidèle du sir de Venetie et de Bernard, alla plus loin, il nomma Loyac comme étant certain que c'était lui qui avait attenté aux jours du Tabellion, et demanda acte de sa déclaration; le juge ne put pas le lui refuser. Mais, en attendant, on les conduisit tous en prison.

Clotilde ne les voyant pas revenir, conçoit les plus vives alarmes. Elle se fait accompagner par Justine, se rend chez le juge, et lui demande son époux. — Il n'est plus en ma puissance, dit-il. Le premier interrogatoire et la confrontation faite des témoins, lorsqu'il est question de gentilshommes, *je n'y ai plus que voir*, et j'ordonne seulement que l'accusé et ses complices soient conduits dans les prisons de Paris sous bonne escorte, et ils doivent être déjà partis.

La foudre, tombant aux pieds de Clotilde, ne l'eût pas accablée d'une manière plus cruelle. Elle ne put concevoir d'où partait cette infernale machination. Fonfrède, traduit au tribunal que présidait Caperel, n'avait-il pas à redouter qu'il ne cherchât à le perdre; mais elle rejeta cette pensée outrageante contre celui de la justice duquel elle devait tout attendre; d'ailleurs, un espoir lui restait, Longpré vit encore; on pourra savoir de lui quel a été son assassin. Aussitôt qu'il sera connu, il est impossible que l'on retienne Fonfrède et ses amis dans les fers; d'ailleurs, Bernard et Faustin sont des hommes recommandables : leurs parens et leurs femmes ont le même intérêt qu'elle à faire connaître la vérité; nul doute que ceux-ci ne se réunissent à elle pour toutes les démarches à faire. Comme elle allait trouver madame Faustin, son amie entra chez elle; sa douleur était extrême; mais elle ajoutait à son courage. Elle dit à Clotilde qu'elle irait, si cela était nécessaire, se jeter aux pieds du Roi, pour se faire rendre justice. — Oui, ma chère, nous irons, s'il le faut; mais avant, il faudra avoir une déclaration de Longpré, s'il est en état de parler. — Eh bien! allons chez lui. Ces dames s'y rendirent aussitôt, emmenant avec elles le tabellion d'Amiens qu'elles avaient fait venir pour recevoir les dépositions du malade et de sa servante; mais malheureusement Longpré était toujours dans la même situation; ce qui ôtait tout moyen d'en tirer des aveux utiles à la connaissance de la vérité.

La relation que fit Perpétue de tout ce qui s'était passé entre le baron de Loyac, Longpré et sa fille, donnait un grand poids à la déclaration de Bernard et de Faustin contre Gendulphe. Le chirurgien, qui arriva, voulut aussi que le tabellion d'Amiens reçut sa déclaration; et elle était toute à la décharge de sir de Venette et de ses amis. D'ailleurs, c'était bien pour Fonfrède qu'on eût pu dire :

Quelque crime toujours précède les grands crimes.

Les mœurs du seigneur de Champeaux étaient pures : l'ordre, la paix régnaient dans sa maison. Il n'avait de relations avec les humains que pour leur rendre service. Doux, bon, sensible, comment imaginer qu'il va attaquer dans sa maison un vieillard qu'il aimait, qu'il honorait de sa confiance : il est impossible que son innocence ne soit pas reconnue.

Les amis du sir de Venette, et il en avait beaucoup, se rallient autour de sa femme, et lui promettent de tout employer pour faire sortir Fonfrède de sa prison, parfaitement justifié; mais elle et Eulalie ne veulent pas s'en rapporter à leurs soins, et se décident à aller à Paris. Clotilde prie madame Bernard de veiller sur ses fils, et d'épier le moment où la connaissance reviendrait à Longpré, pour qu'il nommât son assassin, et sans perdre un instant, elle part avec son amie pour Paris.

La route lui parut longue, tant elle avait d'empressement de revoir son époux. Cependant, elle pensait au Prevôt, et ne pouvait concevoir, malgré les apparences, qu'il eût trempé dans cet affreux complot: tout ce qui détruit l'estime que l'on se plaît à accorder à l'objet aimé, fait tant de mal!

CHAPITRE XXXI.

Tandis que Clotilde hâte, par ses désirs, le moment où elle pourra consoler son époux, développons aux yeux des lecteurs l'horrible complot que Sylvestre avait tramé, et rendons-leur compte de ce qui se passait chez le Prevôt. On a vu tout ce qui avait précédé le départ de Caperel, l'horrible assassinat de Longpré; on sait que Sylvestre et Landry accompagnaient Fonfrède avec Faustin et Bernard, quand celui-ci alla délivrer le Tabellion des mains de ceux qui en voulaient à sa vie et à l'honneur de sa fille, mais on ignore, ainsi que Caperel l'ignorait alors, ce que ses infâmes confidens imaginèrent, pour obtenir la récompense qu'il leur avait promise. On se rappelle qu'il fut étonné de ne pas les voir parmi les chasseurs, lorsqu'ils se réunirent pour dîner à Champeaux; et c'était de bonne foi que le Prevôt en était fort inquiet, car il voulait les revoir avant de quitter Arras, pour savoir définitivement le jour et la manière dont ils s'empareraient de Clotilde, afin de se trouver à portée de la recevoir de leurs mains; mais inutilement il les attendit tout le jour. Ils ne vinrent point au déjeuner du lendemain. Il crut qu'il les trouverait à la ferme sur le chemin de Paris, mais ils n'y étaient pas; et il arriva dans la Capitale sans savoir ce qu'ils étaient devenus, et dans la plus grande sollicitude d'apprendre comment ils exécuteraient ce qu'ils avaient promis. On a vu avec quelle perfidie ils avaient accusé Fonfrède de l'assassinat commis sur la personne de Longpré, leur infernal génie leur suscita cette pensée. Aussitôt qu'ils virent M. de Venette s'arrêter chez le Tabellion pour lui porter secours, ils imaginèrent qu'en accusant le sir de Venette, ils le mettraient sous la puissance du grand Prevôt, qui alors pouvait mettre sa grâce au prix de la dissolution de son mariage ; ils ne doutaient point que Clotilde aimant Henri, car il le leur avait dit, ne saisit avec empressement ce moyen d'être à lui ; et tandis que Caperel attend d'heure en heure le courrier que ses lâches confidens doivent lui envoyer pour qu'il vienne s'emparer de son trésor, il apprend que Fonfrède est dans les prisons de la prevôté, comme accusé du meurtre de Longpré. C'est Sylvestre qui, après avoir accusé l'innocence, s'empresse de le rejoindre pour l'instruire de ce qu'il a fait, et ose se vanter d'avoir conduit cet horrible complot. L'horreur qu'il inspira à Henri fut si grande, qu'il chassa ce scélérat et lui défendit de se présenter jamais devant ses yeux. Sylvestre obéit, mais eut l'audace d'écrire à son maître ce billet.

Billet de Sylvestre au Prevôt.

« Je vous ai servi, et vous me
» chassez pour ne pas me payer ce
» que vous m'avez promis si je trou-
» vais le moyen de mettre Clotilde
» dans vos bras; mais sachez que

» votre ingratitude envers des servi-
» teurs fidèles vous perdra. Tout
» Arras croit que rien ne s'est fait
» que par votre ordre. Si vous rendez
» la liberté à Fonfrède, sans aucun
» doute il vous accusera, et nous dé-
» poserons que nous avons été apos-
» tés par vous, comme faux témoins,
» pour faire périr l'époux de celle que
» vous aimez. Nous avons des lettres
» de vous qui prouveront ce que
» nous avançons. Nous périrons ;
» mais nous vous entraînerons dans
» l'abîme : au lieu que si vous eussiez
» profité de ce que nous avons fait
» pour vous au risque de notre vie,
» Fonfrède eût consenti à vous céder
» sa femme. Vous lui eussiez rendu
» la liberté, après vous être assuré
» de sa discrétion. Nous eussions tous

» été heureux; vous ne l'avez pas » voulu. Je vous le répète : Nous pé» rirons, et vous aussi. Choisissez » donc ou la vie ou la mort.

» SYLVESTRE STROSSY ».

Cette lettre effraya Henri. Il se vit déshonoré, perdu, conduit peut-être à l'échafaud, et tout au moins séparé pour jamais de Clotilde; tandis qu'en suivant les conseils de ces scélérats, il apercevait la possibilité de l'épouser. D'un autre côté, le ton insolent de cette lettre blessait son orgueil. Comment revenir sur ses pas? Il voulut essayer ce qu'il pourrait sur Fonfrède, et s'il ne serait pas possible, sans avoir recours à Sylvestre, d'obtenir l'objet de tous ses désirs, quitte, s'il s'y refusait, à faire ouvrir la prison à Fonfrède et à ses amis, après s'être assuré de Sylvestre et de Landry.

Henri se rendit dans le cachot où Fonfrède était enfermé séparé de ses amis. Dès que M. de Venette l'aperçut, sa physionomie annonça la plus profonde indignation. Que venez-vous chercher, dit-il à son juge? Venez-vous contempler votre victime? Qu'espérez-vous de cette horrible accusation? — Moi, vous accuser! Pouvez-vous me croire cette pensée? Je viens, au contraire, concerter avec vous les moyens de briser vos chaînes. — Il n'en est pas d'autres que de me rendre justice, et si vous me la refusez, je la demanderai au Roi. — Vous ne serez point écouté; toutes les preuves sont contre vous; les témoins.... — Osez-vous, reprit Venette avec une grande fermeté, osez-vous parler de témoins que vous avez apostés? — Moi! je jure sur l'honneur que rien n'est plus faux. — Vous invoquez l'honneur, et vous abusez de la confiance que le Roi vous accorde pour plonger dans les cachots trois gentilshommes parfaitement innocens. — Vous pourrez en sortir dans très-peu de jours; mais enfin, cette affaire est très-mauvaise; et si je me compromets pour vous en tirer, j'attends de vous un sacrifice. — Ma terre de Champeaux? si Clotilde y consent, je ne demande pas mieux. — Champeaux m'appartient. — C'est ce que la loi décidera, puisque vous le prenez ainsi. — Il n'est pas question de cela; mais ce n'est pas le seul vol que vous m'ayez fait: Clotilde était à moi; nos pères nous avaient unis dès le berceau. Forcé de partir pour la Terre-Sainte, afin de remplir un vœu que ma mère avait fait, je comptais l'épouser à mon retour, et pendant mon absence, vous m'enlevez celle que j'aimais et dont j'étais aimé... Laissez-moi obtenir du Pape de casser votre mariage, et vous serez libre. — Monstre! reprit Venette, c'est au prix de l'infamie que tu veux me rendre la liberté que j'ai le droit de réclamer! Homme indigne du rang où le Roi t'a placé, laisse-moi : je préfère la sombre nuit de mon cachot à la lumière que tu y apportes; juges par là à quel point je te hais. Clotilde t'aime!... peux-tu proférer un pareil mensonge? Elle t'aime!... et c'est elle qui m'a averti de ton déloyal amour... C'est elle qui voulut quitter Champeaux pour t'éloigner d'elle.... Si elle vous aime, malgré ce qui me fait croire le contraire, et qu'elle veuille se séparer de moi, j'y consens; tâchez d'obtenir son aveu, je ne m'y oppose pas, mais je suis bien bien sûr que vous ne l'obtiendrez pas. Le Prevôt, malgré le danger de sa position, ne put s'empêcher de sourire, en voyant la bonne foi avec laquelle Fonfrède soutenait qu'il était aimé; et laissant son cousin avec cette heureuse prévention, il lui répéta qu'il y allait de sa vie et de celle de ses camarades s'il voulait lutter contre lui, et le quitta.

Caperel n'ayant pu rien conclure avec Fonfrède, sentit qu'il avait besoin de Sylvestre; et ne voulant pas paraître faire les premières démarches, il dit à Antoine d'aller chez lui, comme s'il était inquiet de ne pas le voir; de lui donner occasion de parler, et de l'engager à se réconcilier avec son maître. Antoine répondit : Je ferai ce que Monseigneur me commande; mais si j'étais de lui, je ne courrais pas après un pareil sujet; bien plutôt, je bénirais le Ciel d'en être débarrassé. Vous verrez, Monseigneur, qu'il sera cause de quelque grand malheur. Il a une figure sinistre; on en pend tous les jours qui n'ont pas une si mauvaise physionomie. — Cela peut être; mais fais ce que je t'ordonne. Antoine alla chez Sylvestre qui se fit valoir; mais enfin, consentit à se rapprocher du Prevôt; et depuis ce moment, il le conduisit de précipice en précipice.

CHAPITRE XXXII.

LE premier soin de Clotilde en arrivant à Paris, fut de se rendre à la prison et de demander à parler au sir de Venette. On lui dit qu'étant accusé d'assassinat, il était au secret et ne pouvait voir personne que par permission de monseigneur le Prevôt. Madame Faustin, qui savait que Clotilde était parente de Caperel et fort liée avec lui, lui dit qu'il ne lui serait pas bien difficile d'avoir cette permission. Clotilde, qui redoutait sa faiblesse pour Henri, et qui, sans pouvoir imaginer qu'il eût trempé en rien dans l'arrestation de son mari, craignait qu'il n'abusât de sa position, chercha un prétexte pour s'en dispenser, et dit à Eulalie: Vous ignorez donc, Madame, que nous sommes en procès; pour rien au monde je n'irai chez lui, mais vous ferez bien de vous y présenter, et sans parler de moi, vous demanderez cette permission.

Madame Faustin suivit ce que Clotilde lui conseillait; celle-ci s'était rendue à une hôtellerie près de la prison; elle y attendit le retour de sa compagne. — J'ai eu, ma chère, la permission de voir Faustin; mais le Prevôt m'a dit : *Que chose valait bien peu si n'était demandée;* qu'il vous accorderait sur-le-champ de voir le sir de Venette, mais qu'il ne donnerait la permission à personne d'autre qu'à vous-même : Eh bien ! dit-elle languissamment, il le faut donc ! O Ciel ! protége-moi.

Elle partit aussitôt et se rendit à l'hôtel du Prevôt, accompagnée de madame Faustin. Arrivées dans la cour, Caperel les aperçut; il descendit jusqu'au bas des degrés. Clotilde fut très-embarrassée en voyant Henri qui leur offrit la main et les conduisit dans une galerie; puis, laissant madame Faustin à qui il avait fait signe de s'asseoir, il conduisit Clotilde dans une embrasure de croisées, se tenant devant elle avec l'air, non d'un juge, mais d'un coupable prêt à en entendre son arrêt. Voyant que madame de Venette était aussi troublée que lui, il lui dit : Que désirez-vous, Madame, du plus soumis de vos serviteurs, ordonnez. — Vous avez exigé, Seigneur, que je vinsse vous demander la permission de voir mon époux, me voilà ; me la refuserez-vous ? Ajouterez-vous ce mal à tous ceux que je souffre depuis quatre jours. Ah ! Henri, Henri, vous me faites mourir de douleur. Elle prononça ces mots avec une expression si touchante, que Henri en fut pénétré. Clotilde, ma chère âme, dit-il, nous nous faisons bien du mal ; il vous serait si facile de faire cesser vos tourmens : vous tenez en vos mains la vie et la mort ; mais ce dont je puis vous assurer, c'est qu'il n'est nulle puissance humaine qui puisse jamais vous réunir au sir de Venette : il peut échapper à la mort, mais jamais il ne jouira des droits que lui donne l'hymen. — Que dites-vous, Henri ? Comment ce barbare projet a-t-il pu être formé dans votre sein ? Mais, tremblez! j'instruirai le Roi : il m'entendra. — Le jour où vous ferez entendre la moindre plainte, votre époux cessera d'être; rien n'empêchera l'exécution de ma vengeance; et si je dois mourir pour expier ce crime, j'aurai toujours la joie de penser en mourant qu'il ne me survit pas. — Vous ne savez donc point que la mort du coupable n'est que le premier châtiment du criminel. — Toute idée de morale est effacée de mon âme; je ne vois que vous; je ne veux que vous, vous posséder ou mourir. Ah! Clotilde, Clotilde, je suis le plus infortuné des hommes. Dites à Fonfrède que son sort dépend de moi; que je serai en possession de Champeaux; qu'il me devra trente mille francs, et que jamais il ne jouira de la liberté, sil ne consent à briser vos nœuds. — Il y consentirait, que jamais je ne céderais à ses désirs; gardez-vous d'en avoir la pensée. — Clotilde, vous me haïssez. — Je hais tout ce qui est contraire à l'honneur; mais j'espère que le Ciel, touché de ma profonde douleur, changera votre cœur et le rendra sensible à mes larmes. — Elles me rendent furieux, et je me sens prêt à tout sacrifier à la jalousie qui me dévore. Et comme il vit que la plus profonde indignation se peignait dans les traits de Clotilde, il se jeta à ses genoux, et la pria de pardonner, si l'excès de sa passion le rendait coupable envers elle, mais qu'il n'était plus le maître de ses transports. Clotilde lui ordonna de se lever, et de respecter au moins la place dont le Roi l'avait honoré, et dont il se montrait indigne. Henri obéit; mais il répéta à madame de Venette qu'il consentirait à la liberté du sir de Venette et à lui rendre sa terre de Champeaux, dont en effet, comme nous le saurons, il s'était emparé, à ne point exiger les trente mille livres de dédit, si elle voulait se séparer de son époux. — Jamais! jamais! plutôt la mort: cependant, ajouta-t-elle, pour sauver le père de mes enfans, lui conserver ses biens, je consens à entrer dans un couvent, à y prendre l'habit; ainsi, vous aurez réussi à nous désunir, sans cependant attenter à ma réputation. — Non, non, ce n'est pas là ce que je veux; je veux non-seulement vous séparer du sir de Venette, mais passer mes jours près de vous, vous voir sans cesse. — Je ne puis consentir à rien de ce que vous m'offrez; je sais bien que nous sommes perdus, si le Ciel n'a pas pitié de nous; mais au moins m'accorderez-vous de voir mon époux? — Oui, en ma présence. — Elle ne m'empêchera pas de lui témoigner mon attachement. — Demain à midi je me trouverai à la prison, vous pourrez y venir, Madame, et vous y verrez M. de Venette; mais je serai, je vous le répète, présent à votre entretien, et pas un mot, pas un geste, ne m'échapperont; et votre mari souffrira en proportion de votre amour pour lui. — Je le verrai, c'est tout ce que je demande; il indiqua le lendemain à midi pour cette entrevue, et il donna la main à Clotilde pour descendre. Madame Faustin, la voyant baignée de larmes, lui demanda quels nouveaux malheurs les faisaient couler. — Hélas! je n'ai pas besoin que des infortunes nouvelles viennent me troubler ; celles auxquelles je suis livrée par l'emprisonnement de mon mari sont assez grandes. — Il y a lieu d'espérer qu'il sortira victorieux de ses ennemis, et que nous retournerons tous à Arras. — Je crois bien que les sirs Faustin et Bernard sortiront de la prison ; mais Fonfrède, jamais ; sa perte est jurée ; c'est là l'affreux moyen dont se sert le Prevôt pour s'emparer de Champeaux ; il a eu l'audace de me le faire entendre (car elle ne voulait pas convenir du sujet de ses alarmes). Mais, ajouta-t-elle, mon intention est d'engager demain Fonfrède à céder Champeaux ; j'aime mieux être pauvre avec lui, que riche sans lui. Elle passa le reste du jour et la nuit entière dans les plus cruelles inquiétudes ; quand enfin l'heure où elle allait revoir son époux arriva.

Elle ne se fit accompagner que de Justine. Arrivée au guichet, elle y trouva le Prevôt; il était pâle, défait; il était aisé de voir qu'il avait beaucoup souffert. Il prit la main de Clotilde, et la conduisit dans une pièce voûtée, ressemblant, du reste, assez à un parloir; une petite fenêtre grillée était au fond. Bientôt elle vit amener un prisonnier, et reconnaissant son époux, elle s'écria : C'est lui! et elle s'élança à la grille. Ciel! dit Fonfrède, j'ai donc encore le bonheur de vous voir! — Ce bonheur, Seigneur, est acheté bien cher, puisque ce ne peut être qu'en présence de Caperel que je puis en jouir. — Ne craignez-vous donc point, sir Caperel, de lasser la justice de Dieu et des hommes? Il ne vous suffit pas de m'avoir conduit dans cet affreux séjour, il faut encore que vous me priviez du bonheur d'y voir en liberté ma compagne. — La justice vous accuse; tout sert à prouver votre crime; mais vous savez à quel prix votre grâce peut être accordée. — Point de grâce; justice, coupable ou non. — Si vous le voulez, les portes vous seront ouvertes, et je ne souffrirai pas que celui qui est mon parent soit livré aux bourreaux; mais, pour obtenir cette faveur, il faut savoir se plier aux circonstances et me céder!... — La terre de Champeaux? c'est le bien de Clotilde, je ne puis en disposer. — Ce n'est pas là ce que je vous demande; que m'importe une terre de plus ou de moins. N'ai-je pas d'assez riches possessions sans la vôtre? Mais il est un trésor mille fois plus précieux, que je préférerais aux plus brillantes couronnes. — Quel est-il?

— Vous ne le devinez pas ? Ah ! vous en sentez donc bien peu le prix. — Ciel ! ai-je bien entendu ! Serait-il vrai que vous eussiez formé le projet de m'enlever Clotilde ; et vous, Madame, y auriez vous consenti ? — Cette seule pensée, Seigneur, est un outrage que je vous pardonne, parce que le malheur rend injuste ; mais sachez que je vous délivrerais de la mort au prix de ma vie, mais non de l'infamie, et le sir Henri ne l'ignore pas. — Je sais que vous vous faites illusion, que vous croyez, Madame, que vous obtiendrez la liberté de sir Fonfrède ; mais vous l'espérez inutilement : tant que je vivrai, il ne verra jamais le jour. — Eh bien ! laissez-moi partager ses fers. — Non, Clotilde, reprit le sir de Venette ; non, nos enfans ont besoin de vous ; retournez près d'eux et me laissez mourir. — Vous vivrez, si vous consentez à briser vos nœuds avec Clotilde. — Monstre! tu profites de la sécurité que te donnent mes fers; tu n'oserais pas me tenir un semblable langage, si mon bras était libre de te punir; mais le Ciel en prendra soin. Vous, Clotilde, retournez à Arras; ne laissez pas plus long-temps vos enfans dans des mains étrangères. Apprenez-leur par quelle trame leur père aura péri, et qu'ils le vengent. — Non, vous vivrez; votre innocence sera reconnue, et les ruses de votre ennemi découvertes. — Il mourra, vous seule en serez cause. — S'il meurt, fidèle à sa mémoire, je jure de ne jamais quitter son nom. — Projets insensés: je tiens sa vie dans mes mains, mais vous voulez qu'il meure. — Tu dois le vouloir, ma chère Clotilde, plutôt que de nous déshonorer. Adieu jusqu'au grand jour de l'éternité, où Henri descendra aussi; et il s'éloigna de la grille. Le geôlier était resté près de Fonfrède pour le conduire dans son cachot. Madame de Venette, appuyée sur Justine, remonta les degrés qui conduisaient dans la cour de la prison. Le Prevôt, qui l'avait suivi, ne se permettait pas de lui adresser la parole; car il y avait dans toute sa personne une dignité qui lui en imposait, malgré l'excès de son amour.

Quand elle fut près de sortir, Caperel la salua très-respectueusement, et lui dit de se souvenir de ce qu'il lui avait dit; qu'il était décidé, puisqu'elle l'y contraignait, à tout entreprendre pour la posséder. — Vous voulez donc être le plus coupable des hommes, — Ah! si vous le vouliez, cruelle, je resterais vertueux; mais vous ne le voulez pas; vous voulez que je sois criminel..... Ma Clotilde, tu m'aimes, consens à être heureuse; sois mon épouse, mon amie. — Mais il fut un temps où vous eussiez pu prétendre à ma main, alors je vous étais indifférente; vous eussiez pu m'aimer sans crime...... vous préférez m'outrager par des vœux insensés. — Cruelle! vous me rappelez ce qui fait le désespoir de ma vie. — Souvenez-vous que sans vos dédains je n'eusse pas serré les nœuds qui m'unissent à l'infortuné Fonfrède, et respectez un hymen que je n'aurais jamais formé si vous eussiez écouté les vœux de nos parens : il est votre ouvrage..... — Je saurai le rompre. — Ma mort, dans ce cas, me mettra hors de ta puissance. — Tu me hais. — Dieu lit au fond de mon cœur; mais je puis vous dire que si vous me rendez à mon époux, vous aurez toute mon amitié, toute mon estime. — Que sont ces sentimens au prix de ceux qui me dévorent.... — Ils sont les seuls qui conviennent à la femme de Fonfrède. Ces mots parurent rendre à Caperel toute sa fureur; il quitta aussitôt Clotilde, et elle reprit le chemin de l'hôtel, la mort dans l'âme.

Elle y trouva madame Faustin qui, la voyant extrêmement abattue, lui demanda ce qui lui était arrivé. — Je me sens mourir; et si Justine ne l'avait pas soutenue, elle serait tombée sur le plancher. On la conduisit dans sa chambre: elle se coucha, et la fièvre l'empêcha de prendre aucun repos. Justine passa la nuit près de son lit;

et le matin, comme elle était descendue chercher un bouillon pour sa maîtresse, et qu'elle avait négligé de fermer la porte, elle la trouva, en rentrant, luttant péniblement contre Henri qui cherchait à lui enlever un baiser que Clotilde lui refusait opiniatrément. — Ah! Justine, c'est le Ciel qui t'envoie. — C'est plutôt l'enfer, reprit Caperel; mais je ne vous laisse que deux jours: la mort ou votre main! et il sortit. Cette aventure fit réfléchir madame de Venette sur l'ordre que son mari lui avait donné de retourner à Arras, et elle prévint Justine de tout préparer pour son départ, gardant avec tout autre le plus grand secret; car elle craignait que le Prevôt ne la fit arrêter.

CHAPITRE XXXIII.

Clotilde n'engagea pas madame Faustin à la suivre. Il était essentiel qu'elle veillât sur tout ce qui se ferait à Paris. Ainsi, madame de Venette reprit seule avec Justine le chemin d'Arras, où d'autres malheurs l'attendaient. Elle apprit en arrivant qu'elle était complètement ruinée, et voici de quelle manière : Lors de l'arrestation du sir de Venette, Sylvestre corrompit l'homme chargé par le juge de faire des perquisitions dans tous les papiers de l'accusé, pour y trouver des preuves du crime dont on le chargeait. Cet homme, sous ce prétexte, s'empara des titres et de la généalogie de Clotilde et les remit à Sylvestre. Il ne restait donc au sir de Venette nul moyen de défense; ainsi, en quinze jours, Caperel fut mis en possession, non-seulement de Champeaux, mais des bois qui en avaient été distraits et qui faisaient partie du fief. En outre, ayant fait valoir le dédit, qui n'avait pas été oublié, pour en acquitter le montant, on adjugea tous les bestiaux et les meubles à Caperel; et si on réfléchit à ce que trente mille francs de notre monnaie représentaient alors, on verra qu'il ne dut rien rester à l'infortunée Clotilde, pas même la maison d'Arras qu'elle trouva saisie. Madame Bernard avait recueilli ses enfans, et elle demanda avec instance à Clotilde de se réunir à eux. Vous aimez la solitude, lui disait-elle; moi, j'ai besoin de me distraire, par une société nombreuse, du chagrin que me cause l'arrestation de mon mari. Eh bien! nous pouvons toutes deux vivre suivant nos goûts, parce que je vais vous faire préparer le pavillon qui est au bout du jardin. Vous serez parfaitement maîtresse de faire l'ornement de mon cercle ou de ne vous occuper que de votre époux. Clotilde accepta ce que la généreuse amitié de madame Bernard lui offrait; elle espérait que si Fonfrède échappait à cet affreux complot, elle pourrait retrouver, des débris de sa fortune, de quoi s'acquitter avec madame Bernard, qui, d'ailleurs, était assez riche pour ne pas s'apercevoir de ce surcroît de dépense.

Clotilde, presque toujours enfermée dans le pavillon qu'elle vint habiter sur-le-champ, y pleurait ses malheurs; ils étaient au-dessus des forces humaines, car c'était Henri qui les causait! Henri, qu'elle avait si tendrement aimé; que dis-je? qu'elle aimait encore, et ce n'était pas le moindre de ses tourmens : aussi, ne pouvait-elle se livrer aux consolations que madame Bernard lui donnait; celle-ci, comme on sait, avait reçu de la nature une inépuisable gaieté. Elle était très-affligée du sort du pauvre sir Bernard toutes les fois qu'elle y pensait, mais elle n'y pensait guère; et quand par hasard les sujets qu'elle avait de craindre pour ce digne homme la tourmentaient trop, elle envoyait chercher quelques jeunes filles de la ville et leurs amis, pour l'aider à surmonter son chagrin. Quelquefois Clotilde lui disait : Vous êtes bien heureuse, Madame, de supporter ainsi le plus grand des malheurs. — Dieu me préserve, répondait-elle aussitôt, d'appeler ainsi une accusation injuste, il est vrai, mais qui sera démentie! — Qui peut conduire nos époux à la mort. — Cela n'est pas possible; vous voyez tout en noir, ma chère petite; mais chacun a reçu un instinct différent. La joyeuse alouette fait entendre ses brillans accens, tandis que la tourterelle gémit sans cesse. Ne nous contraignons donc pas; gémissez, voyez tout sous les sombres couleurs, et laissez-moi, ma chère amie, jouir en espérance du retour de mon vieil époux que j'aime de tout mon cœur, et qui, je suis sûr, sera très-aise de savoir que je supporte courageusement cet événement, qu'au fait nos maris eussent pu éviter, s'ils n'avaient pas été se compromettre avec ce Tabellion qui, malgré le beau secours qu'ils lui ont porté, n'en mourra pas moins. — J'espère bien que non ; c'est sur sa déclaration que je me fonde pour voir mon cher Fonfrède acquitté et le traître Loyac livré à la justice. — Je crois comme vous que tout s'arrangera à merveille. Vous ne voulez pas venir faire un tour sur le rempart. — Oh ! mon Dieu, comment imaginer de se donner en spectacle lorsque l'on se sent sans cesse prête à verser des larmes ; l'aspect des humains m'est odieux. — Il en est pourtant de fort aimables ; et ce Henri, qui paraît être le moteur de notre disgrâce, on ne peut disconvenir qu'il est charmant. Je l'ai vu pendant son séjour ici, et je me disais : Si dans ma jeunesse j'avais rencontré le sir de Caperel, il eût été bien dangereux pour moi. Clotilde ne répondait rien. — Convenez qu'il est impossible de voir un plus bel homme. — Ni d'en rencontrer un plus scélérat. — Mais est-il bien vrai que c'est pour avoir Champeaux qu'il vous a fait tout ce mal ? — On le croit. — Tenez, si vous voulez que je vous parle plus franchement, je crois que ce n'est pas ce seul motif. Vous n'en conviendrez pas ; mais vous êtes bien beaux tous deux, du même âge, parens ; il n'est pas étonnant qu'il ait vu avec des yeux de jalousie le bonheur de sir de Fonfrède. — Je ne crois pas, Madame, que ce soit le motif de sa conduite, et si cela était, vous conviendrez que ce serait aggraver ses torts : de quels droits serait-il jaloux de mon mari ? en a-t-il sur moi ? M'avait-il demandé à mon père avant que je fusse unie à M. de Venette? — Qui entre nous était un peu trop âgé pour vous. — Il m'a toujours rendue heureuse, et si j'ai à me plaindre de ce qu'il est né plusieurs années avant moi, c'est par la crainte de voir briser nos liens, lorsque j'aurai encore des années à vivre. — J'admire votre raison, ma chère petite; mais je sais que si l'on m'avait voulu marier à l'âge de quatorze ans avec un homme en ayant quarante, j'aurais bien tranquillement dit non, et l'on n'eût pu m'y faire consentir. — Quant à moi, Madame, je n'ai qu'à me louer du choix de mon père, et je n'ai connu le malheur que de l'instant où le sir Henri est revenu dans cette province. — C'est singulier, car il ne me paraît pas fait pour s'opposer au bonheur de ce qui l'entoure.

Clotilde souffrait infiniment de

cette conversation, où le bien qu'elle entendait dire de Henri retentissait dans son cœur, et y portait la désolation et la mort. Quoi! se disait-elle à elle-même, tout le monde convient qu'il est le plus aimable des hommes. Il m'aime, et je ne puis me dissimuler qu'il m'est cher; et cependant, quelle est sa conduite envers moi? je dois le haïr. — Comme vous êtes rêveuse. Rien ne peut vous distraire; mais l'heure de la promenade s'avance; vous ne voulez pas venir : je vous quitte. Clotilde la vit partir avec plaisir; elle ne respirait que pour la solitude; et dès que madame Bernard l'eut quittée, elle pensa qu'elle n'avait pas eu de nouvelles de Longpré depuis deux jours, elle chargea Justine d'en aller savoir. Elle revint un instant après, et lui dit : — Bonnes nouvelles,

Madame, bonnes nouvelles, Longpré a parlé. Il a dit que c'était Loyac qui l'avait assassiné, et que sans le sir de Venette, il eût consommé son crime; il a fait écrire sa déclaration, l'a signée, et a eu la force d'écrire de sa main une lettre au Chancelier, pour lui dénoncer l'affreux abus que l'on avait fait d'ordres surpris à sa religion, et il ajouta qu'il demandait la punition du coupable et la justification pleine et entière de son libérateur. Il a envoyé tout cela à Paris; et sous peu de jours, Madame, vous allez revoir Monseigneur. Madame de Venette éleva ses beaux yeux au Ciel et le remercia d'avoir fait reconnaître l'innocence de son époux, sans cependant se livrer encore à l'espoir de le revoir. Cette nouvelle se répandit aussitôt dans toute la ville, et on vint complimenter madame de Venette. Madame Bernard se livra à toute sa gaieté, et soutint qu'elle aurait eu un très-grand tort si elle se fût affligée, et engagea Clotilde à s'abandonner aux plus douces espérances. Clotilde, que mille raisons rendaient craintive, ne répondait que par des soupirs à tout ce qu'on lui disait. — Oh! pour le coup, c'est trop fort, reprenait madame Bernard : que vous ayez été affligée tant que l'accusation d'un crime atroce pesait sur la tête de votre époux, c'était tout simple; mais à présent qu'il va recevoir toutes les réparations qu'il exigera, que vous allez le revoir, comment êtes-vous aussi triste? Voilà de ces choses qu'on ne peut comprendre. Je ne me permettrai point de sonder votre cœur : Dieu m'en garde; mais d'autres pourraient concevoir du peu de joie que vous cause une si bonne nouvelle, que vous.... — Ah! si on lisait dans ce cœur que vous affligez par cet injuste soupçon, on verrait que je ne me livre pas à la joie parce que je suis loin de croire encore à mon bonheur, et que tant que Fonfrède ne sera pas de retour, je ne croirai pas qu'il échappe à son ennemi. — Je suis loin de penser comme vous. Je les attends tous trois sous peu; et la preuve en est que je vais disposer, pour les recevoir, une fête dont il sera parlé dans toute la province; un bal, des illuminations, des joûtes, un concert, un repas splendide, c'est ainsi que nous recevrons nos époux, et si mon rhumatisme me le permet, je prétends y danser. — Cela sera bien fait, Madame, mais laissez-moi, je vous supplie, jusqu'à l'instant qui me réunira à Fonfrède, vivre dans la solitude, qui est la seule chose qui convienne à l'état de mon âme. Madame Bernard disait en elle-même : La pauvre Clotilde aime Henri ; et voilà ce qui arrive quand on marie une jeune personne à un homme plus âgé qu'elle : elle en rencontre un autre, beau, jeune, aimable, et la voilà ou malheureuse ou déshonorée. Ces réflexions eussent attristé madame Bernard, si elle avait pu l'être : aussi, les rejeta-t-elle bien promptement, et ne s'occupa plus que de la fête qu'elle voulait donner aux trois maris le jour où ils devaient revoir leur ville natale.

CHAPITRE XXXIV.

Pour madame de Venette, elle prit ses enfans, et suivie de Justine, elle se rendit chez le Tabellion, qu'elle trouva ayant toute sa raison, et qui ne tarissait pas sur la reconnaissance qu'il devait au sir de Venette, qui lui avait sauvé la vie, et il disait : Quant au baron de Loyac, personne ne sera surpris de savoir que c'est lui qui a attenté à mes jours ; noirci de tant de crimes, un de plus n'ajoute rien à sa scélératesse. Par la raison contraire, il ne concevait pas comment on avait pu accuser Fonfrède, dont la probité, la bonté, la sensibilité étaient si connues. Il caressa les enfans de son libérateur; il n'appelait jamais autrement sir de Venette et ses deux compagnons; et dit qu'il espérait bien être en état d'aller au-devant d'eux quand ils reviendraient.

Aussitôt que, d'après la déclaration de Longpré, on eut arrêté le baron de Loyac, le Tabellion envoya un exprès à Poitiers pour l'apprendre à sa fille, et pour l'engager à revenir près de lui; mais il en reçut la réponse suivante. Madame de Venette se trouvait chez le bon vieillard quand l'exprès revint apportant la lettre d'Agathe, et ce fut elle qui la lut.

Lettre d'Agathe, femme d'André.

15 juillet 1321.

« MONSEIGNEUR MON PÈRE (*),

» J'ai reçu la lettre que vous m'a-
» vez fait l'honneur de m'écrire. Je
» puis dire que j'ai eu bien de la joie
» quand j'ai su le seigneur de Loyac
» conduit en prison : ce n'est pas ven-
» geance, Dieu m'en garde! ce sen-
» timent ne peut être dans un cœur
» chrétien; mais parce que c'est la
» seule manière d'arrêter ses brigan-

(*) Les enfans donnaient ce titre à leurs pères, de quelque condition qu'ils fussent, parce qu'alors on croyait qu'on ne pouvait porter un trop grand respect aux parens à qui l'on devait la vie.

» dages et ses violences. Cependant, » André ne veut pas encore que je » m'en retourne dans notre pays. Il » dit que ce n'est pas assez d'enchaî- » ner une bête féroce, et que, tant » qu'elle n'est pas morte, elle peut » s'échapper et couvrir encore la terre » de ses carnages ; qu'il n'y a pas de » doute que si le Baron réussissait à » se justifier, ce que je ne crains pas, » il n'aurait rien de plus pressé que » d'exercer sa vengeance sur mon mari » et ses mauvais desseins sur moi. En » conséquence, André vous prie, » mon père, de venir rejoindre vos » enfans; votre sœur vous en conjure, » ainsi que M. Lenfranc. Le pays est » beau ; vous serez bien logé, la mai- » son de ma tante est fort spacieuse, » vous savez que c'est l'ancien hôtel » des marquis de Neuville : heureu-

» sement les ombres des seigneurs
» de Neuville ne s'en sont pas em-
» paré, et on peut y vivre tranquille.
» Il n'en est pas de même du château
» dans lequel il continue à se passer
» des choses si extraordinaires, que
» pour rien au monde ma tante n'y
» resterait la nuit; car c'est là le temps
» où commencent les hurlemens des
» esprits quand ils veulent rendre
» leurs présences sensibles : quelque-
» fois il se répand une odeur sulfu-
» reuse qui, dit-on, annonce leur
» arrivée. Alors la galerie paraît
» tout en feu, et on les voit à travers
» les croisées danser et faire mille
» extravagances. Mais malheur à qui
» est rencontré par eux, hommes ou
» animaux, ils les sacrifient à leur
» rage. Le mari de la concierge fut
» trouvé mort, il y a trois ans. Il

» avait fort imprudemment fait la
» sottise de sortir de sa chambre à
» l'heure des courses que font les
» esprits ou les corps. On ne sait s'ils
» se sont jetés sur lui pour l'étran-
» gler, ou si ce fut seulement leur
» maligne influence; mais enfin on
» le trouva étendu sur le pavé sans
» vie, et tout noir comme s'il avait été
» frappé de la foudre. D'autres fois,
» leur fureur s'exerce sur les chiens
» de garde, qu'ils forcent au silence
» en les étouffant. L'été dernier, on
» trouva cent moutons de moins dans
» le troupeau, malgré que les portes
» de la bergerie fussent bien fermées;
» et les chiens dormaient si profondé-
» ment, qu'au premier moment on les
» crut morts. Toutes ces choses jettent
» une grande épouvante dans les en-

» virons; mais ce n'est rien en compa-
» raison de leurs cris; lorsqu'ils les
» font entendre, ils se portent à plus
» de trois lieues. Aussi, leur silence est
» regardé comme une faveur du Ciel,
» due aux prières d'un saint ermite
» qui demeure dans une caverne assez
» près du château. Si vous venez,
» mon père, vous en saurez davan-
» tage; car ma tante n'ignore rien de
» tous ces faits, qu'elle assure être
» bien véritables; mais pas plus que
» le profond respect avec lequel je
» suis, Monseigneur mon père, votre
» très-humble et très-obéissante ser-
» vante et fille,

» Agathe Longpré.

» *P. S.* Présentez mes hommages
» respectueux à madame de Venette,

» et assurez-la de la joie que nous
» avons de savoir son respectable
» époux justifié ».

Les revenans de Neuville devinrent le sujet de l'entretien. Longpré soutenait que ces revenans seraient bientôt en fuite si on le laissait faire, et qu'il irait coucher seul dans le château, bien sûr que tout cela n'est que des contes absurdes dont il démontrerait facilement la fausseté. Madame de Venette, comme toutes les âmes sensibles et les imaginations ardentes, avait un penchant secret à la superstition; aussi n'aurait-elle pas assuré que tout ce qu'on racontait n'avait pas quelque fondement. Il y a, disait-elle, tant de choses extraordinaires dans la nature. — Rien qui n'ait un but utile, reprenait Longpré; le Suprême architecte a tout fait pour le mieux, et certainement il ne serait pas pour le mieux qu'une femme, victime pendant sa vie de la scélératesse d'un homme, fût encore tourmentée après sa mort par son ravisseur. — Mais enfin vous voyez ce que vous mande Agathé. — Rien que de fort naturel ; le pauvre concierge sera mort d'un coup de sang au moment où il se levait. Les chiens ont été étranglés par un loup, et quant aux moutons, il n'y a aucun doute que c'est le berger qui les a volés, après avoir endormi les chiens avec de la poudre de pavots, mêlée à leur nourriture. C'est ainsi que l'on fait passer pour merveilleux les choses les plus simples. — Fort bien, mais les bruits que l'on entend. — Sont causés par des porte - voix, ou tel autre moyen que l'on a imaginé pour effrayer ceux qui oseraient approcher du château. — Mais quel intérêt. — Je l'ignore, et ne fais que le présumer; celui, par exemple, d'éloigner les seigneurs de Neuville et leurs dames de ce séjour, où leur présence gênait les premiers inventeurs de cette fable. Le bruit répandu, il était de leur honneur de le soutenir, et alors les prétendus esprits auraient acquis une telle célébrité qu'on ne peut la leur ôter maintenant. — Ah! mon maître, dit la servante, qui écoutait la conversation tout en filant dans un coin de la chambre, je crains bien que cela ne soit que trop vrai, et alors vous conviendrez qu'on a toujours à craindre d'être victime de leur fureur. — Eh! non, Perpétue, reprit Longpré, cela ne peut-être vrai, j'en mettrai ma tête à couper. — Vous auriez tort, dit une voix qui paraissait sortir du mur. — Ah! ah! voilà qui est plaisant, dit le vieillard ; les revenans de Neuville ont donc ici des amis. — Oui, sûrement, continua la même voix. — C'est quelqu'un qui plaisante, quelque ventriloque (*). — C'est bien fait de le croire, reprit Clotilde; mais comme le soleil baisse, je vais regagner Arras; ce que je viens d'entendre me cause quelque émotion, et peut-être que de la moindre chose extraordinaire que je verrais, j'en ferais aussitôt sir de Neuville le trépassé, et je croirais qu'il me poursuit. On entendit des éclats de

(*) Le ventriloque a la propriété de porter sa voix où il veut, et la fait entendre comme si elle sortait d'un arbre ou d'une statue.

rire. — Ils sont de bonne humeur au moins, et on sut un instant après que c'était le nouveau clerc de Longpré qui, l'ayant entendu se moquer de ceux qui craignaient les sorciers, s'était caché dans une petite tour près de la chambre où l'on était, et avec un cornet il avait contrefait sa voix, bien sûr que l'on croirait que c'était les revenans de Neuville, qui traversaient la France pour défendre leur puissance. Il parut, et s'amusa de la peur qu'il avait causée à tout ce qui était là, excepté à Longpré. Madame de Venette, rassurée sur la légère inquiétude que la plaisanterie du clerc lui avait fait éprouver, resta encore quelque temps, et ensuite revint à Arras; mais au lieu de se rendre dans l'appartement de madame Bernard, elle se retira dans le pavillon, et avant de se livrer au sommeil, elle réfléchit bien douloureusement sur sa déplorable situation, qui ne lui permettait plus d'espérer le bonheur.

CHAPITRE XXXV.

Tout occupé de madame de Venette nous n'avons pas rendu compte de ce qui s'était passé au moment de l'arrestation de Loyac. Le Baron ayant su que Fonfrède avait été accusé du crime qu'il avait commis, avait été conduit de suite à Paris pour y être jugé, resta dans la plus parfaite sécurité; seulement il ne fit aucun effort pour retrouver la fille de Longpré, et porta ailleurs ses farouches amours; mais un soir qu'il sortait de chez une nouvelle maîtresse, il fut arrêté, conduit à Paris. Le Prevôt ne le sut pas dans les prisons du Châtelet sans une vive inquiétude; il n'ignorait pas que Fonfrède était innocent: mais tant que le véritable assassin n'était pas livré à la justice, il pouvait retenir sir de Venette en prison; et s'il n'avait pas la coupable pensée de faire périr un innocent à la place du meurtrier, il voulait au moins le tenir éloigné de Clotilde, et se servir de la terreur qu'une procédure criminelle inspire toujours, quand elle est dirigée contre ceux qui nous sont chers, pour engager Clotilde à combler ses vœux; et si elle n'y consentait pas, il était décidé à le laisser peut-être autant de temps qu'il vivrait dans les fers; mais s'il est démontré que Loyac est le meurtrier de Longpré, nécessairement Fonfrède et les sirs Bernard et Faustin doivent retourner à Arras, alors quel espoir lui réservera-t-il. Il a ruiné, il est vrai, ce couple infortuné, mais qu'est-ce que la perte des biens en comparaison de toutes les espérances du cœur; et si Clotilde, insensible aux peines attachées à la pauvreté, n'en est pas moins inébranlable dans son devoir, ne sera-t-il pas le premier à lui rendre des propriétés qu'il sait bien appartenir à sa cousine, et dont il ne s'est emparé que pour ôter à madame de Venette tout moyen de défense: quel sera-t-il désormais? abandonnera-t-il ses projets, imposera-t-il silence à une passion, qui fait le charme et le tourment de sa vie? il ne s'en sent point la force.

Henri, abandonné à lui-même dès sa plus tendre jeunesse, avait pris la fatale habitude de céder à tous ses désirs. Une fortune très-considérable lui en fournissait les moyens; mais jusqu'alors il avait rencontré peu d'obstacles. La nature, si prodigue envers lui de ses dons, faisait en quelque sorte voler au devant de ses fers des beautés fragiles, il n'était embarrassé que du choix, aussi ne connaissait-il l'amour que de nom ; car on ne peut appeler ainsi des liaisons brisées presque aussitôt que formées, que l'estime n'a point fondées, et que la vertu désavoue. Mais lorsqu'il vit Clotilde, il connut tout le charme d'aimer, toute la gloire de l'être par celle qui réunissait à une beauté parfaite une âme bien plus belle encore, et dont une résistance comme il n'en avait jamais rencontré, ne lui laissait nul espoir de devenir vainqueur. L'amour que Clotilde lui avait inspiré se changea alors en une passion effrénée. Etre à Clotilde ou renverser toutes les barrières qu'elle lui oppose, lui sacrifier sa fortune, sa réputation, sa vertu, son honneur, sa vie même pourvu qu'il puisse dire en mourant: Elle est à moi. Telle était la situation de son âme, quand on vint lui apprendre que le baron de Loyac était dans la même prison que le sir de Venette. Il s'y rendit aussitôt.

En entrant dans son cachot, éclairé par la lampe que le guichetier portait devant lui, il fut frappé de la ressemblance entre Gendulphe et Venette ; une pensée qu'il conçut à peine le vint frapper ; il la rejeta avec horreur. Cependant il interroge Loyac: celui-ci ne nie aucuns des faits ; ils sont si atroces qu'il ne peut échapper à la justice ; il ne s'en flatte pas même, et attend, *très-philosophiquement*, l'événement d'un procès qu'il n'avait aucuns moyens d'éviter. — Venez-vous, dit-il à Henri, m'apporter ma sentence, je m'y attends. — Vous n'êtes pas encore jugé, et je venais au contraire savoir s'il ne vous restait aucuns moyens de défense. — Aucuns, puisque cet infernal Longpré a parlé, et qu'on sait à présent que ce n'est pas Venette.

Le Prevôt engagea Loyac à se repentir, et lui dit que s'il avait des dispositions à faire pour sa femme et ses enfans, il lui ferait passer de quoi les écrire. Le Baron le remercia, et ajouta : J'écrirai, puisque vous le voulez bien, à ma femme; elle eût mérité un meilleur sort; c'est la vertu même. Le Prevôt le quitta; et frappé de la destinée d'un homme à qui il n'avait manqué que d'être vertueux pour jouir de tous les biens que donnent la fortune, la considération, jointes à ceux de la nature, il éleva involontairement son cœur vers le maître de de nos destinées, pour qu'il éloignât de lui la volonté du mal. Il fallait plus, il fallait en éloigner les perfides instigateurs.

CHAPITRE XXXVI.

LE Prevôt, en rentrant chez lui y trouva Sylvestre, sa vue le fit tressaillir. Que me veux-tu, dit Henri ? — Moi, Monseigneur, rien, je venais prendre vos ordres.—Il n'y en a point d'autres que d'ouvrir les portes à Venettes et à ses amis. — Et à nous faire pendre Landry et moi. — Je conçois que vous aurez de la peine à vous en tirer; je vous donnerai de quoi passer en pays étranger. — J'aimais mieux la ferme.— Et moi aussi j'aurais mieux aimé vous la donner, mais il n'y a plus moyen. — Vous renoncez donc à Clotilde. — Pourquoi me faire cette question ; ne sais-tu pas bien que c'est m'arracher le cœur que de me forcer à y répondre. — Moi, Monsieur, je ne vous force point ; je voulais seulement savoir si c'était que vous ne vous souciez plus d'elle. — Peux-tu le penser ; mais qu'opposer au bras de fer de la nécessité. — Je croyais qu'il y aurait peut-être eu un moyen. — Un moyen, lequel ? la moitié de ma fortune si tu le trouve. — Oh ! mais vous ne voudrez pas. — Quel est-il ? — La ressemblance. — Malheureux ! si tu oses répéter ce mot, je te fais pendre. — Ainsi, pauvre Sylvestre, quelque chose qui arrive, il faut que tu sois pendu, n'en parlons plus. Je vais donc expédier l'ordre de faire sortir les sirs de Venette, Faustin et Bernard. Oh ! comme leurs femmes seront contentes. — Vertu, soutiens-moi. Et comme il vit que Sylvestre voulait lui parler, il lui ordonna de sortir, et resta plongé dans la plus profonde douleur.

Cependant Sylvestre, qui ne peut se résoudre à manquer la fortune qui lui était promise, et qui de plus craint que Fonfrède ne le livre à la justice s'il sort de prison, roule dans son esprit un projet infernal; et pour l'assurer, s'il est possible, entre dans le cachot de Loyac. Monseigneur le Baron, lui dit-il en entrant, vous souvenez-vous de Sylvestre. — Ce nom ne m'est pas inconnu. — J'étais, Monseigneur, sergent dans votre troupe, et je fus de l'expédition qui manqua lorsque nous devions enlever Clotilde le jour de ses noces. — Oui, je m'en souviens, et qu'es-tu donc devenu depuis ce temps? — J'ai fait différens métiers qui ont soutenu jusqu'ici mon existence, rien de plus. J'étais dernièrement le gentilhomme Génois qui eut l'honneur de servir de témoin pour faire couper la tête au sir de Venette, au lieu de la vôtre. — Quoi ! c'est toi qui était Strossy. — Oui, Monseigneur; mais malheureusement notre dénonciation n'a pu nous garantir des recherches de la justice; car ce malheureux Longpré, comme vous savez, a recouvré la parole. — Je le sais. Aussi je n'espère plus rien ; je n'ai nulle envie de disputer un reste de vie que j'ai employé tout entière à me rendre heureux sans m'embarrasser des moyens. — Et si, malgré ce que vous dites, on ouvrait votre prison, que feriez-vous pour celui qui vous rendrait ce service? — Ah ! vous ne doutez pas que la moitié de mon bien, mon bras, ceux des braves qui sont à ma solde, tout serait à lui. — On ne voudrait rien de tout cela, mais seulement que vous changeassiez de nom, et que vous quittassiez pour jamais la France, où vous ne pourriez reparaître que pour porter votre tête sur l'échafaud. On vous laisserait le temps d'emporter assez d'or pour que, dans quelque lieu que vous choisissiez votre asile, vous eussiez une existence au-dessus de la médiocrité. — Je me soumettrais à tout ce que l'on exigerait, trop heureux de vivre, et de pouvoir encore faire trembler les maris, les pères, et de rendre heureux ce sexe timide qui, au fait, aime assez qu'on lui ôte tout moyen de se défendre. Si c'est le Prevôt qui t'envoie, dis-lui qu'il compte sur ma foi; je ferai tout ce qu'il exigera, et je suis prêt...... — Et moi je ne le suis pas; vous allez bien vite, Seigneur, je vous avertirai quand j'aurai pris sur cela ma détermination, qui tient à des circonstances. D'ici là gardez un profond secret. Loyac le promit, et Sylvestre était bien sûr qu'il tiendrait ses promesses, par le plus puissant motif, comme le dit *Figaro*, son intérêt personnel. D'abord, ôtez-vous de l'esprit que le Prevôt soit pour rien dans tout ceci. Soit, cela se dit ainsi. Les gens en place ont toujours des hommes prêts à faire les mauvaises actions qui leur sont utiles. Eh bien! prenons que sir Caperel n'y soit pour rien, que veux-tu? — Je veux quarante mille livres en or, dont deux mille payées d'avance avant de rien commencer. —Cela n'est pas dificile. J'ai de l'encre, du papier, je vais écrire à ma femme; montes à cheval, n'épargnes pas les relais, et revient le plus promptement possible. — Vous n'en doutez pas. Loyac écrivit à sa femme ; Sylvestre partit, et revint deux jours après, certain que s'il met Loyac en liberté, il aura les trente-huit mille livres restant des quarante mille; car madame de Loyac avait été bien surprise en recevant une lettre de son mari, et au comble du bonheur de l'espérance qu'il échapperait à la mort. Elle fit voir à Sylvestre, comme son mari le lui avait dit, les quarante mille livres qui étaient tout en or, et l'assura qu'ils seraient à lui s'il sauvait du supplice l'infortuné Gendulphe. Sylvestre l'assura qu'il y ferait son possible, et revint à Paris.

L'homme qui ne s'est point encore souillé de crime, qui n'a point encore manqué ouvertement à la vertu, dont la réputation est intacte, ne peut sitôt en venir à un degré de scélératesse presque sans exemple, et dont je ne présenterais pas l'affreux tableau si l'Histoire de France ne l'avait pas déjà consigné comme un fait certain, en jetant tout l'odieux de ce forfait sur Caperel; tandis qu'il est prouvé, par des Mémoires particuliers, que Sylvestre en était seul coupable. Il serait impossible de prendre le moindre intérêt à notre héros, s'il était vrai qu'il se fût livré à cette atrocité; mais s'il n'eut pas à s'accuser d'un semblable crime, il n'en avait pas moins de grands reproches à se faire. L'amour avait obscurci en lui les lumières de la raison; et il était prêt à abuser de son autorité pour le satisfaire; d'autres fois, en proie aux tourmens que les passions lui font souffrir, voyons-le s'arrêtant sur le bord de l'abîme, et à l'instant de remettre sa charge dans les mains du Roi, à donner ses biens aux pauvres, et à se retirer dans un cloître pour y pleurer toute sa vie le malheur qu'il a eu de revoir Clotilde. Mais le sir de Venette, nécessairement justifié, sera rendu à sa famille; il retrouvera Clotilde, belle autant que fidèle; il sera le plus heureux des hommes, tandis que lui gémira sous la haire et le cilice. Non, non, c'est impossible. Cependant, disait-il encore à Sylvestre, que, malgré un premier mouvement d'indignation il avait rappelé, et auquel il laissait voir dans son âme tous les troubles qui y régnaient, je veux encore revoir madame de Venette, tenter auprès d'elle un dernier effort; et si je ne réussis pas, mon parti est pris, jamais Venette ne recouvrera la liberté. Son indigne confident, loin de le détourner d'un semblable projet, semblait l'y exciter encore. Sylvestre, comme faux témoin, tremble pour sa liberté. Le Prevôt avait beau le rassurer, il craignait que si Fonfrède sortait de sa prison, il ne le livrât à son tour à la justice. Son camarade en avait eu si grande peur, qu'aussitôt qu'il avait su que le baron de Loyac était arrêté, il s'était jeté dans la Seine, où il avait fini sa criminelle carrière, se livrant à la justice éternelle pour ne pas se livrer à celle des hommes ; quant à Sylvestre, il se tenait dans l'hôtel du Prevôt, où on n'aurait pas osé le venir chercher.

Cependant, le temps presse. Le

Baron interrogé, convaincu, va être jugé. Le sir de Venette devrait déjà être en liberté ainsi que ses compagnons; ainsi il échappera sans retour au Prevôt. Il faut donc que Caperel choisisse entre le crime ou la vertu; mais c'est Clotilde qui en décidera, il faut qu'il la voie.

Il feint une maladie, se couche, et au milieu de la nuit, Sylvestre le remplace dans son lit; les rideaux sont fermés, il contrefait sa voix. Les gens du Prevôt croient que c'est lui, et offrent d'aller chercher un médecin. Il le défend, et ne demande que du repos. On se conforme aux ordres du faux malade; seulement on le tient à la diète : mais il s'en dédommage en dormant tout le jour. Henri lui a promis d'être peu de temps absent. Il est parti à cinq heures du matin, sans que personne de sa maison se doutât qu'il eût pris la route d'Arras, où il arriva à nuit close. Il avait su par Antoine, qu'il avait envoyé à Arras lorsque madame de Venette y était retournée, qu'elle demeurait chez madame Bernard, dans un pavillon au milieu du jardin, qui avait une porte dans une ruelle où il ne passait presque personne.

Cet homme avait eu ordre de venir l'attendre à la porte de Paris. Antoine conduisit son maître dans la maison d'une vieille femme où il logeait, et à qui il le présenta comme son frère. Cette femme avait une petite maison avec un jardin : c'était tout ce qu'elle possédait ; mais jamais la pauvreté ne s'était montrée avec des formes moins désagréables. Tout est propre dans cette cabane, le peu de meubles et d'ustensiles de ménage qui y sont, sont rangés avec symétrie; l'œil n'a rien qui le choque, et l'on sent, en voyant l'intérieur de la maison de la mère Jacques, que l'on peut être heureux sous un toit où l'ordre et la propreté remplacent le luxe.

Le voluptueux Prevôt trouva le gîte fort commode; comme il était excédé de fatigues, il se jeta tout habillé sur le lit d'Antoine, y dormit profondément, et chargea son valet qui ne se coucha pas, de l'éveiller à une heure du matin: temps qu'il avait choisi pour arriver près de Clotilde, au moment où elle s'y attendrait le moins.

CHAPITRE XXXVII.

Clotilde avait attendu tout le jour Fonfrède, dont on espérait la prompte liberté. Elle avait même été, avec madame Bernard et plusieurs autres de ses amies, à deux lieues sur la route de Paris, et personne n'avait paru. Il n'était venu aucune lettre; car le Prevôt avait eu soin de les faire intercepter. Rien n'est difficile à celui qui a de grandes richesses, excepté de commander au cœur et à la volonté, qui sont toujours indépendans, même des plus farouches despotes.

Ainsi, Henri se flattait inutilement de faire céder Clotilde à ses vœux;

ni prières, ni menaces, ni offres les plus brillantes ne peuvent ébranler sa vertu; et ce qui la rendit plus éclatante encore, c'est qu'elle aimait celui qui mettait tous ses soins à la séduire.

Seule au milieu de la nuit, son image la poursuivait. Fatiguée du combat qu'elle soutenait, elle veut chercher dans la prière la force qui lui manque; elle quitte son lit où le sommeil ne vient point calmer ses tourmens; elle se lève, allume sa lampe, s'habille, et se mettant à genoux, elle prie avec ferveur : le Ciel entend ses vœux; il la protégera.

Henri, qui a choisi l'heure de la nuit où le sommeil est ordinairement le plus profond, se flatte d'entrer dans la chambre de Clotilde et de la trouver profondément endormie. Il compte sur la surprise, l'effroi et surtout sur l'amour qu'elle a pour lui. Il se flatte qu'elle aura comblé ses vœux avant qu'elle se soit mise en état de se défendre. Son valet, qui le suit, contraindra par la terreur Justine au silence : les enfans ne seront pas réveillés.... Enfin, il ne doute pas qu'il échappera à un crime par un autre, et que Clotilde infidèle le préserverait du malheur de retenir injustement Fonfrède en prison, et qu'elle ne pourra plus refuser, en brisant ses liens avec Venette, de prendre le nom du Prevôt. Il a des clefs qui ouvrent la petite porte du jardin et celle du pavillon. Antoine en connaît l'intérieur. Il avait, comme nous l'avons dit, été autrefois jardinier de madame Bernard, et, par des circonstances bien fâcheuses pour Clotilde, il avait quitté sa maîtresse pour se rendre à Paris, où il était entré au service de Caperel. Il était venu dans la maison, depuis son retour à Arras, sous différens prétextes. Il avait su s'emparer des clefs, en faire faire de pareilles, et les remettre en place sans que l'on s'en aperçut. Il savait que Justine demeurait au rez-de-chaussée. Il entra donc en même temps que son maître, et s'arrêta chez cette fille : elle dormait comme un être qui n'a nulle inquiétude ; et sans lui donner le temps de se réveiller, il lui ferma la bouche avec un mouchoir qu'il lui passa autour de la tête.

Justine ouvre des yeux égarés, et aperçoit à la clarté de la lune Antoine qu'elle connaît : elle lui veut demander ce qui l'amène ; mais elle ne peut proférer un cri ; elle veut s'élancer de son lit, et elle s'y sent contenue par deux bras nerveux qui ne lui laissent faire aucuns mouvemens. Elle pleure, elle soupire, elle implore la protection du Ciel, mais inutilement ; il faut qu'elle reste dans cette cruelle position, sans savoir quel en sera le résultat ; pourquoi Antoine qu'elle connaît, avec qui elle a passé une partie de sa jeunesse, se conduit-il ainsi. Mais laissons-là à ses tristes conjectures, et montons avec Henri dans l'appartement de l'infortunée Clotilde.

Le sir de Caperel fut extrêmement surpris, en ouvrant la porte, de voir de la lumière dans la chambre de Clotilde, et qu'elle fût levée. Elle priait, et la lampe éclairait ses traits où brillait une douce majesté ; il semblait que son âme, en s'élevant vers la Divinité, participait plus directement à son essence. Jamais Caperel ne l'avait vue si belle, et jamais elle ne lui avait inspiré un si profond respect. La porte, en s'ouvrant, n'avait fait aucun bruit, et Clotilde était tellement absorbée en la présence du Dieu qu'elle invoquait pour qu'il la garantît de sa propre faiblesse, qu'elle ne vit pas Henri. Celui-ci, suspendu entre le désir de prouver à Clotilde son amour, et la crainte de voir sur cette figure angélique se peindre l'indignation que causera sûrement à madame de Venette sa témérité, reste immobile, n'ose respirer et la contemple; quand enfin, réfléchissant qu'il perdra tout le prix de ses soins s'il paraît à cet instant; que sûrement Clotilde, qui a veillé jusqu'à cette heure, va se coucher après avoir fini sa prière. Il pense qu'il faut qu'il attende qu'elle soit endormie, et que la surprise la mette sans défense dans ses bras; il songe donc à se retirer sans bruit : mais comme il faisait un pas en arrière, il s'accrocha le pied contre une marche qui descendait de la chambre sur le pallier, et qu'il n'a pas remarquée en entrant. Le léger bruit qu'il fit, tira Clotilde de sa méditation, elle lève les yeux; mais par un mouvement tout aussi prompt, Henri s'est retiré et a refermé la porte sur lui. Ciel! s'écria Clotilde, qu'ai-je vu? Elle se leva et retomba aussitôt dans un fauteuil qui était près de là. Mon imagination, se dit-elle, m'a sûrement trompée; j'ai bien cru voir le sir de Caperel. Dieu! si, succombant à la douleur de me perdre, ou plutôt à ses remords... s'il avait cessé d'être!

Ah! Ciel!... son ombre me poursuivrait-elle encore?... ou l'aurais-je perdu pour toujours?... Comme elle avait peine à se défendre d'une frayeur superstitieuse, elle entend de sourds gémissemens, qui lui paraissent venir de la chambre de Justine. O mon Dieu! quel être souffrant appelle du secours? Elle est sans inquiétude pour ses fils : Paul, l'aîné des deux, est couché dans un cabinet proche du lit de sa mère; la porte est ouverte, ce n'est pas de là que viennent ces cris étouffés qui ne cessent point. Séverin, le plus jeune, est profondément endormi dans son berceau, dont le rideau entr'ouvert laisse apercevoir la tête de l'enfant : l'innocence, le bonheur brillent sur son front, et le sommeil lui offrant l'image de sa mère, il lui sourit en dormant, ce n'est donc pas eux qui se plaignent : c'est Justine. Cette pauvre fille se sera trouvée attaquée d'un mal subit, et elle n'a pas eu la force de se lever : il faut que j'aille à son secours ; mais cette ombre que j'ai vue.... Est-il possible que je me laisse maîtriser par une absurde frayeur, et faisant un effort sur elle-même, elle se lève et s'avance vers la porte. On se rappelle qu'Antoine était entré chez Justine ; qu'il avait surpris cette pauvre fille encore endormie, et qu'il avait trouvé le moyen de la contenir sur son lit et d'empêcher que ses cris ne fussent entendus. Mais comme Henri était assez long-temps sans descendre, Antoine, qui avait un fonds de bienveillance pour Justine, craignant qu'en interceptant l'air trop exactement, elle ne perdit entièrement la respiration, laissa un peu plus de liberté à la pauvre prisonnière, qui en profita pour appeler à son secours, toutefois d'une voix étouffée ; et c'était là ce que Clotilde avait entendu. Elle allait à elle quand, en ouvrant la porte d'une main tremblante, elle voit, sans pouvoir en douter, Henri qui, ainsi que nous l'avons dit, attendait un moment propice pour la surprendre. Il le fut infiniment davantage en la voyant venir à lui. L'a-t-elle aperçu ? le cherche-t-elle ?

> Un tel espoir lui serait-il permis ?
>
> RACINE.

Mais à l'effroi qui se peint aussitôt sur ses traits, aux cris qu'elle fait pour appeler à son tour celle qu'elle allait secourir, il ne peut douter qu'il ne lui reste plus, s'il veut que Clotilde soit à lui, que de consommer le plus lâche des forfaits. L'amour peut-il vouloir d'un pareil sacrifice? la seule pensée lui fait horreur. Il se jette aux genoux de Clotilde; il cherche à la rassurer; il lui demande de se calmer, de l'entendre; il la reporte en quelque sorte dans sa chambre; il veut fermer la porte, elle s'y oppose. Elle continue à appeler Justine; la pauvre infortunée répond à ses cris. Bientôt le bruit réveille Paul et Séverin. Ils se lèvent; et voyant leur mère se défendant contre un homme qu'ils ne reconnaissent pas, ils croient qu'il en veut à sa vie. Ils se jettent à genoux; ils le supplient de ne pas tuer leur mère, leur bonne mère. — Tuez-nous plutôt, disaient-ils; et ils appelaient Justine. — Vous voyez, dit enfin Henri, que cette scène déchirante mettait hors de lui, que vous n'avez plus rien à craindre, à moins que vous n'ayez de moi l'idée que je n'ai de l'homme que la figure : ces anges vous défendent, et leur innocence est plus redoutable pour moi que les armes les plus formidables. Ecoutez-moi, il en est encore temps : rendez-vous volontairement à mes vœux ; promettez-moi de rompre vos nœuds avec le sir de Venelle, et que lorsque vous serez libre, vous serez ma compagne. Je repars sur-le-champ pour Paris ; je fais mettre Fonfrède en liberté ; et je vous jure de ne vous revoir que lorsque je pourrai vous nommer mon épouse.

Paul voyant que sa mère continuait à faire tous ses efforts pour s'échapper des bras de Capérel, s'avança fièrement vers lui, et lui dit : Je ne suis qu'un enfant ; mais je serai un homme un jour, et je vous déclare que si vous ne vous retirez pas, si vous ne laissez pas ma mère libre d'aller où elle voudra, que le premier usage que je ferai de mon épée, quand j'en aurai une, ce sera de vous l'enfoncer dans le cœur. Cher enfant, lui répondit Caperel avec beaucoup de douceur : Si vous saviez ce que je demande à votre mère, vous vous joindriez à moi ; si vous saviez que c'est pour sauver votre père, et vous combler un jour vous et votre frère de biens et d'honneurs..... — Ne le crois pas, mon fils ; c'est au prix de l'infamie qu'il vend ses bienfaits. — Eh bien ! ma mère, meurs : si je puis supporter la douleur de ta perte, je te vengerai.

Justine venait d'échapper à Antoine, que la lassitude et la crainte de la faire mourir avaient vaincu. Elle montait tout échevelée pour chercher un asile dans la chambre de sa maîtresse. Clotilde se crut sauvée en la voyant; mais Antoine, qui suivait ses pas, vint au contraire ajouter à ses alarmes. Un tremblement universel s'est emparé de tous ses membres; ses dents s'entre-choquent : elle n'a plus la force de résister aux souffrances qu'elle endure. — Au nom du Ciel, Henri, tuez-moi, vous me ferez bien moins de mal que ce que je souffre. — Monseigneur, il va faire jour; nous serons perdus. Si vous ne voulez pas venir, moi je quitte la partie : dans un quart-d'heure il ne sera plus temps.

Eh bien! partons, dit Henri en laissant retomber Clotilde dans les bras de Justine. Je vous laisse, Madame, vingt-quatre heures à réfléchir. Je ne quitterai point pendant ce temps la maison de la mère Jacques; vous pouvez m'y faire arrêter, me livrer à la justice; mais je ne le crains pas. Si au contraire la sûreté de votre époux vous est chère, faites-moi dire par Justine que vous voulez me revoir, et la nuit prochaine je suis ici. Si vous ne me rappelez pas, Fonfrède vous est ravi pour toujours, et ses enfans abandonnés à la plus affreuse misère. Il n'attendit pas sa réponse, et se retira, la laissant avec Justine dans une situation si déchirante, qu'il est impossible de la décrire.

CHAPITRE XXXVIII.

Dès que Henri se fut éloigné, Clotilde parut revenir à la vie. Son premier soin fut de remercier Dieu de l'avoir préservée d'un aussi grand danger; et elle savait mieux que personne combien elle eût été menacée d'y succomber, si par la protection divine, elle n'eût pas été environnée de ses enfans. Elle embrassa Paul avec la plus vive tendresse, loua sa fermeté, la justesse de ses reparties, et l'enfant embrassait sa mère et lui demandait, avec l'ingénuité de son âge : Que vous voulait donc cet homme, que vous ne vouliez pas lui donner? — Rien, mon fils. — Mais enfin, était-ce de lui céder Champeaux ? — C'était, mon ami, un bien infiniment plus précieux, mais que ton âge ne te permet pas de connaître, et qui te ferais à jamais rougir si ta mère y renonçait. — Tout cela ne me paraît pas aisé à entendre ; quand je serai grand, vous me l'expliquerez, maman ? — Oui, mon ami ; mais il est encore de grand matin, va dormir ; et toi, mon pauvre Séverin, n'as-tu pas eu froid ? Viens que je te reporte dans ton berceau. Tu ne t'en iras pas, disait Séverin. Si cet homme méchant venait et que tu n'y fusses pas, il nous tuerait. — Je ne le crois pas ; mais sois tranquille, je ne vous quitterai pas. Les enfans se rendormirent, et Clotilde demanda à Justine si elle ne souffrait pas. — O mon dieu ! non, Madame, j'ai eu peur, et puis c'est tout. — Antoine est un bon garçon, il craignait de me faire mal ; et quand il a vu que je voulais absolument monter, il m'a laissé aller. C'est dommage qu'il soit entré au service de monseigneur le Prevôt; car vraiment c'est un honnête homme ; mais il faut bien faire ce que nos maîtres nous commandent (*). Mais qu'est-ce que Madame fera ? car il paraît bien que sir Henri a résolu de perdre Monseigneur. Ce qu'il vous demande.... — Est impossible, et je n'ai aucun doute que mon époux ne préfère la mort ; mais j'espère encore toucher Henri. — Madame lui fera donc dire qu'il

(*) Quand les lois divines et humaines n'en sont pas blessées ; car alors on doit quitter le maître qui vous ordonne de les violer.

vienne. — Ah! j'en serais bien fâchée. — Cependant, pour se parler il faut se voir. — J'irai chez la mère Jacques, c'est une honnête femme, je n'ai rien à craindre dans sa maison; d'ailleurs, j'irai au grand jour; je parlerai au Prevôt et je parviendrai peut-être à le toucher. Clotilde ne le croyait pas, mais elle aimait. Revoir encore une fois l'objet de tant de troubles et de douleur, était dans la position de madame de Venette un bien trop précieux pour y renoncer.

Elle résolut donc de se rendre chez la mère Jacques qui l'avait vu naître, ayant servi très-long-temps chez le père de Clotilde. Celle-ci adoucissait, par ses bienfaits pour cette infortunée, le malheur de la vieillesse joint à la misère. Bien des fois elle y avait été porter des secours : elle pouvait donc y aller dans cette circonstance, sans craindre de compromettre sa réputation, puisque personne ne savait que Caperel fût à Arras. Il faut seulement attendre l'heure où elle a coutume chaque jour de se rendre à l'église. Il n'est pas encore quatre heures du matin, et elle ne sort ordinairement qu'entre huit et neuf. Que le temps lui paraît long! Elle recevra l'arrêt de sa vie ou de sa mort; c'est la dernière fois qu'elle verra Henri, soit qu'il se rende à ses vœux, soit qu'il persévère dans son horrible projet! Peut-elle s'exposer au danger de se trouver avec celui qu'elle ne peut aimer sans crime; où pourrait-elle envisager sans frémir celui qui aurait privé le père, de ses enfans de sa liberté?

Justine l'engageait à se reposer; mais

c'eût été inutilement qu'elle en eût eu le projet : son âme, bouleversée par tous les tourmens qu'elle éprouvait, donnait à son corps une si terrible agitation, qu'elle ne pouvait même rester en place ; comment eût-elle pu se livrer au sommeil ?

Elle attendit néanmoins que la cloche de l'église voisine l'appelât pour quitter son appartement. Une écharpe de laine écarlate, fine comme la soie, et ornée de franges d'or, dérobait sa belle taille. Un voile de fin lin cachait ses yeux dont les larmes et la veillée avaient rougi les paupières. Elle embrasse ses fils qui, fatigués de la mauvaise nuit qu'ils avaient passée, ne venaient que de s'éveiller. Elle s'appuie sur le bras de Justine, et sortant par la porte du jardin qui donnait dans la ruelle, elle gagne l'église des Dames de la Miséricorde. Là, elle s'unit aux prières du ministre de nos autels; elle demande, par cette auguste cérémonie, de mourir plutôt que de manquer à ce qu'elle se devait, à elle, à son époux, à ses enfans; et elle ne sort point de ce temple sans répandre ses aumônes parmi les pauvres qui se pressaient toujours sur ses pas, parce qu'ils savaient que dans son cœur ils avaient un trésor inépuisable. Elle prend une ruelle qui conduisait chez la mère Jacques. La bonne mère, enchantée de voir Clotilde, lui offre sa meilleure chaise, et ne sachant quelle fête lui faire, elle veut allumer le feu, ce qui au mois de juillet, par la plus grande chaleur, n'eût pas été bien agréable; mais elle n'avait rien de mieux à offrir. Cependant, elle se souvint qu'il pouvait y avoir quelques pêches de mûres dans le jardin sur les arbres de l'espalier; elle y courut autant que la pesanteur de l'âge le lui permit.

Henri avait reconnu sur-le-champ le son de la voix de Clotilde; et dès que la vieille se fut éloignée, il entra dans la chambre où était madame de Venette. Dieu! est-ce un songe? Vous, Clotilde, ici? et c'est moi que vous y venez chercher. Ah! ma bien-aimée, je le savais que vous ne me haïssiez pas. En disant ces mots, il s'était jeté à ses genoux, avait pris une de ses mains qu'il tenait dans les siennes, et la couvrait de baisers.

Clotilde, perdue dans la foule des sensations qui l'agitent, n'a pas la force de la retirer. Elle le supplie seulement de s'asseoir près d'elle. Il obéit; il est pénétré de l'état où il la voit; ses larmes coulent en abondance; elle n'a point de mots pour exprimer ce qu'elle éprouve; mais tout à coup elle s'écrie : Justine, ne m'abandonne pas. Justine en est incapable; mais elle est retirée au fond de la chambre, d'où elle ne peut entendre ce que Clotilde et Henri se disent. Madame de Venette, se surmontant enfin elle-même, s'exprime en ces termes :

Cher et malheureux ami, ce serait en vain que je chercherais à te cacher le sentiment que j'éprouve; tout me trahit : oui, Henri, je t'aime. — O Ciel! est-il possible que je puisse résister à tant de félicité? Ah! par pitié, ma chère âme, modère l'excès de mon bonheur; mon cœur brise ma poitrine pour voler au-devant du tien; je suis aimé de Clotilde, que puis-je désirer de plus? — Oui, Henri, je vous aime, reprit Clotilde d'un ton solennel ; mais je jure par tout ce qu'il y a de plus sacré de n'être jamais à vous ; jamais, tant que des liens sacrés m'uniront à Fonfrède ; jamais, quand ils seraient rompus ; car ayant eu la faiblesse de vous faire ce criminel aveu, je me suis ôté le droit d'être votre compagne. — Que dites-vous, Clotilde ? vous m'aimez, et vous ne voulez pas même que j'aie l'espoir de vous être uni. Clotilde, vous ne connaissez pas l'impétuosité de mes passions, vous ne savez pas qu'il n'est rien où le désir de me venger de Fonfrède ne puisse me porter. Par pitié pour nous trois, ma Clotilde, épargnez-moi un crime. — Malheureux ! est-il possible que vous en ayez conçu le projet, vous voulez donc ma mort ? — Oui, je la veux plutôt que de penser que ces charmes appartiendront encore à votre époux. — Barbare, quoi! rien ne peut vous toucher. Quoi ! n'est-ce donc rien que la démarche que je fais ? Faut-il que j'embrasse vos genoux ? faut-il que je vous la demande cette mort que vous désirez tant qui me frappe ? En disant ces mots, elle s'était jetée à ses genoux; elle lui présentait son sein : Frappe, cruel Henri, mais épargne le père de mes enfans! Caperel la relève, la serre contre son cœur et ne se connaît plus.

A cet instant, la mère Jacques apportait une corbeille des plus beaux fruits qu'elle avait pu trouver dans son jardin. Elle ne sait ce qu'elle voit. Son respect pour madame de Venette ne lui permet pas de la juger; mais cependant elle ne peut concevoir que la femme de sir de Venette soit si familièrement avec le frère d'Antoine;

et si ce n'est pas son frère, qu'est-il? Auraient-ils assez peu d'égards et d'estime pour elle, pour la croire capable d'une lâche complaisance? Mais que fait là Justine? Toutes ces idées se confondent. La corbeille pensa lui échapper des mains. Clotilde voit son trouble, et le sien s'en augmente.

Cependant Henri, qui tient à la réputation de celle qu'il adore, cherche aussitôt à donner un tour favorable à sa rencontre avec Clotilde. Ma bonne mère, dit-il, gardez-vous de juger les apparences. Madame de Venette est aussi vertueuse que belle; mais apprenez que je suis son frère, que l'on a cru mort pendant longtemps, et que des circonstances bien douloureuses ont forcé de se tenir caché pendant de longues années : un ennemi puissant me poursuit; je l'ai mortellement offensé, et sa vengeance n'a été suspendue que par la persuasion que j'ai cessé d'être. Cependant, privé depuis bien longtemps du bonheur de voir ma sœur, j'avais envoyé Antoine la prévenir que je viendrais chez vous, et elle a daigné s'y rendre. Vous ne devez pas être surprise qu'un frère embrasse sa sœur. — Non, dit la vieille en secouant les oreilles; mais je suis étonnée que vous vouliez que je vous croie le frère de madame de Venette, quand je sais qu'elle n'en a jamais eu. Mais que vous soyez son frère, son cousin, son ami, tout cela m'est bien égal; seulement je prie Madame de retourner chez elle, et vous Monseigneur, de chercher une autre maison que la mienne. — Vous voyez, Henri, ce que vous me coûtez. Ma respectable mère, vous avez bien raison, il n'est point mon frère, mais il est encore moins ce que vous imaginez; forcée à cette démarche par des raisons que vous n'apprendrez que trop tôt, vous me rendrez justice. Venez, Justine, sortons de cette maison, où je n'eusse pas dû venir. — Pardon, pardon, dit la vieille, désespérée en voyant couler les larmes de Clotilde, c'est qu'il arrive si souvent que les riches méprisent le pauvre.... Je vois bien que je me suis trompée; mais vous êtes si jeune encore, si belle, qu'il n'est pas étonnant qu'on croie qu'un aussi beau cavalier.... J'ai eu tort, je vous en demande mille excuses. — Vous ne m'en devez point, ma bonne mère; mais plus je tiens à votre estime, moins je veux m'exposer à la perdre. Adieu, Seigneur; vous connaissez mes dispositions, rien ne pourra les faire varier. — Vous savez quelles sont les miennes, je serai inébranlable. — Le Ciel vous inspirera des sentimens moins cruels. — Le Ciel m'a abandonné, je ne vois sous mes pas qu'un abîme affreux, et c'est vous, Clotilde, qui m'y avez précipité. Cependant, si madame Jacques veut bien le permettre, j'attendrai chez elle jusqu'à ce soir votre dernière résolution, et ne partirai que lorsque la nuit ne m'exposera pas à être vu; et d'une manière comme d'une autre, que vous me rappelliez ou que je retourne à Paris, je n'en suis pas moins un infortuné, que la situation la plus cruelle force à se dérober aux regards curieux de la méchanceté. — Il ne tient qu'à vous, Henri, de paraître avec éclat; si vous saviez apprécier le sentiment qui m'anime pour vous, vous le trouveriez tellement d'accord avec la vertu et vos intérêts, que vous n'hésiteriez pas,— Je ne vous cache point, Clotilde, ce que vous ne pouvez ignorer, ma vie, ma gloire, tout est dans vos mains...... — Adieu, Henri, pour la dernière fois....... Clotilde, Clotilde..... Mais elle ne l'entend plus, elle a déjà franchi le seuil de la porte. Elle se hâte de le fuir; le son de la voix de Henri la poursuit : elle est prête à retourner sur ses pas. Elle veut mourir.

CHAPITRE XXXIX.

Comme Clotilde rentrait par la porte du jardin, et quelle avait le plus grand besoin de repos, elle aperçut madame Bernard qui venait au pavillon. Elle eût donné tout au monde pour l'éviter, mais c'était impossible. Madame Bernard l'avait à peine aperçue, qu'elle se mit à lui crier: Vous ne pleurerez pas toujours. Je le savais bien, voilà une lettre qui sûrement vous sera très-agréable. J'ai reçu la pareille de M. Bernard; ils arrivent. — Ils arrivent? La joie que ces mots firent ressentir à Clotilde ne peut s'extable époux. Il aurait échappé aux intentions barbares de Caperel, et celui-ci ne se sera pas souillé d'un crime. Elle prend des mains de madame Bernard la lettre du sir de Venette, et ayant rompu le cachet, elle y trouve ces mots :

Lettre du sir de Venette à Clotilde.

Paris, le 29 juillet 1321.

MA CHÈRE AME,

« Nous allons donc être réunis. Le
» Ciel a eu pitié de nous ; *le mé-*
» *chant a conçu le mal, il a en-*
» *fanté l'iniquité, mais le mal qu'il*
» *voulait faire en retombe sur sa*
» *tête.* Loyac est arrêté, conduit ici.
» On n'attend pour le confronter avec

» moi, que le retour de la santé du
» Prevôt, qui est malade; on assure
» que cela ne sera pas long : avant
» quatre ou cinq jours Clotilde aura
» près d'elle son tendre et sincère ami.

» FONFRÈDE, SIR DE VENETTE. »

P. S. « Madame Faustin me charge de la rappeler à votre souvenir. Embrassez pour moi mes fils. Quelle joie j'aurai de les revoir ! »

Clotilde, au comble du bonheur, embrasse madame Bernard avec cette effusion de cœur qui n'appartient qu'au moment où l'âme passe subitement du plus grand accablement à la joie. Elle accepta de venir dîner chez madame Bernard, qui ne lui laissa pas la liberté de rentrer chez elle. Au milieu d'une réunion fort nombreuse et des complimens qu'on lui adressait, de nouvelles réflexions empoisonnaient ce retour de prospérité, et réunie à ses amis, sa langueur perçait malgré elle et ne la rendait que plus touchante; car, le premier moment passé, elle avait, malgré la lettre de Fonfrède, bien des raisons de crainte. Le Prevôt était encore à Arras; il pouvait y être vu : que dirait le sir de Venette, s'il savait qu'il y était venu, et comment elle-même soutiendrait-elle les regards de son époux, après avoir déclaré à son rival un amour qui l'offense : aussi entendait-elle à peine les mots flatteurs qu'on lui adressait sur sa beauté; elle n'était frappée que des éloges qu'on donnait à sa vertu. Combien elle était humiliée de ces hommages! Elle se trouvait si faible!

Elle se reprochait si vivement un amour qui la rendait si malheureuse, et qui avait été si près de la rendre coupable, qu'elle retombait malgré elle dans une profonde tristesse. Madame Bernard l'en plaisantait et ajoutait à ses tourmens. Enfin on la laissa libre de se retirer, et en rentrant chez elle, elle trouva une lettre du seigneur Caperel qu'Antoine avait apportée. Elle hésita si elle l'ouvrirait ; mais peut-elle rester dans l'incertitude sur le sort de son époux ? Peut-être cette lettre contient l'expression du repentir de Caperel : elle ne le croit pas ; mais elle se fait illusion pour avoir un prétexte de ne pas la renvoyer sans la lire.

Lettre du Seigneur Caperel, Prevôt de Paris.

Le 30 juillet 1321.

MADAME,

« J'attends inutilement un mot de
» vous ; vous ne daignez pas l'écrire ;
» vous paraissez ignorer que le sort
» de votre époux est dans vos mains.
» Sauvez-le, je vous en conjure ; je
» ne suis pas né pour le crime, et je
» sens que nous périrons tous trois,
» si vous nous sacrifiez à vos prin-
» cipes. Songez que vous ne pouvez
» y tenir qu'en condamnant votre
» votre époux à un sort plus cruel
» que la mort, et moi aux remords
» mille fois plus cruels encore. Clo-

» tilde, ayez pitié de nous, et surtout
» ne vous faites point d'illusion; Fon-
» frède ne sera jamais libre si vous
» n'êtes pas à moi. Voyez jusqu'à
» quel point la passion m'aveugle,
» puisque j'ose vous écrire, et que
» cette lettre peut devenir l'instru-
» ment de ma mort. Mais non, Clo-
» tilde m'aime; elle a daigné me le
» dire; son âme est trop grande pour
» trahir un ennemi; elle ne dénon-
» cera pas celui qui a été assez heu-
» reux pour toucher son cœur.....
» Mais les momens s'envolent: Clo-
» tilde; vous ne me rappelez pas....
» Une heure après que vous aurez
» reçu cette lettre, si vous ne m'y ré-
» pondez pas, si vous ne me rappelez
» pas, je partirai, et rien ne pourra
» plus sauver votre époux. Qu'ai-je

» dit ? Ah ! je vous le répète, Clo-
» tilde, je n'étais pas né pour le crime.
» Adieu, Clotilde, adieu.

» Dès que ma vengeance sera as-
» souvie sur celui qui cause nos mal-
» heurs, je donnerai ordre qu'on vous
» remette en possession de Cham-
» peaux. Je n'ai voulu, en m'en em-
» parant, que vous ôter tout moyen
» de défense ; que vous forcer à cher-
» cher un asile moins sûr, et non
» usurper un bien que je sais ne pas
» m'appartenir. Avec quel sang-froid
» je vous parle de mes intérêts et des
» vôtres ! Ne vous y laisssez pas trom-
» per, Clotilde, l'enfer est dans mon
» cœur ».

— Quand cette lettre est-elle venue ?
— Il y a quatre heures. — Ah Ciel !
et elle se laissa tomber dans les bras

de Justine sans mouvement ; puis, revenant à elle, elle demanda avec la plus vive inquiétude : Où est-elle cette lettre, où est-elle? La voilà, Madame. — Justine, personne n'est entré pendant mon évanouissement? — Personne. — Vous ne savez pas lire? — Non, Madame; et prenant la lettre, sans y jeter un coup d'œil, elle la brûla à la flamme de sa lampe.... L'infortuné; il serait perdu si on la trouvait... Que dis-je? malheureuse que je suis !... ton époux... Ah! c'est impossible, Henri n'en fera rien. Non, je ne l'aurais pas aimé, si son cœur eût été capable d'une semblable atrocité. Il serait un monstre; et quel rapport y aurait-il entre lui et moi? Non, non, il ne se permettra pas un si horrible abus de son pouvoir; il s'arrêtera sur le bord de l'abîme; il me rendra mon époux, le père de mes enfans. Cette pensée lui donna quelque calme pendant les deux jours qui suivirent; mais ne pouvant se livrer aux divertissemens qui se succédaient chez madame Bernard depuis que cette dernière attendait son époux, madame de Venette prit le parti de vivre dans la plus profonde retraite, ne quittant presque pas le pavillon, s'occupant tour à tour de son époux qu'elle n'osait encore se flatter de revoir; de Henri qu'en vain elle voulait haïr. Elle n'avait d'autre distraction que d'aller tous les jours après dîner chez le bon Longpré, dont la santé se rétablissait. Ce digne vieillard savait que l'on attendait de jour en jour les trois amis; il en parlait avec une joie qui lui rendait ses forces. Pour Clotilde, elle ne pouvait oublier les menaces de Henri :

elle n'avait point répondu à sa lettre ; il regardait peut-être son silence comme une preuve de haine. Henri, croire que Clotilde le hait ! Y a-t-il rien qui puisse être plus loin de la vérité ; heureuse, si au moins elle n'avait pour lui que de l'indifférence. Longpré la trouvant un jour plus rêveuse et plus inquiète qu'à l'ordinaire, chercha à la tranquilliser. Il ne tardera pas à arriver, lui disait-il ; jouissons d'avance du bonheur de le revoir ; — Je voudrais le pouvoir, disait Clotilde ; mais il me semble que malgré moi mon âme se refuse à l'espérance, et elle quitta le père d'Agathe le cœur serré et frappé d'un triste pressentiment. En approchant de la maison de madame Bernard, elle voit à la porte des chevaux et une litière ; elle hâte le pas, et effectivement, elle trouve dans le vestibule MM. Bernard et Faustin, et la femme de ce dernier qui venait d'arriver. Où est Fonfrède, s'écria-t-elle? et un froid mortel passa dans ses veines en ne le voyant pas. Le sir Bernard, qui était aussi sensible que sa femme était légère, s'approcha de madame de Venette, et lui dit : Je redoutais cet instant; je savais ce que vous ferait éprouver notre arrivée sans Fonfrède; Cependant nous l'avons laissé libre et en pleine santé; je suis chargé de vous remettre une lettre de lui, et il tira de son sein celle que je transcris ici.

Lettre de Fonfrède à Clotilde.

« Les portes de la prison se sont » ouvertes : j'étais sorti avec mes » amis, quand un homme que je » croyais connaître, au moment où

» j'allais monter à cheval, me dit:
» Monseigneur Caperel vous prie,
» sir Venette, de vouloir bien passer
» chez lui, où il vous remettra vos
» titres sur Champeaux. Je le suis,
» en priant mes amis de m'attendre.
» Voilà trois heures que je suis chez
» le Prevôt sans pouvoir lui parler. Je
» ne veux point retarder le départ de
» mes amis; je vais leur faire dire de
» partir, en leur envoyant cette lettre.
» Ne crains rien, ma bien-aimée. Je
» suis libre; Loyac est condamné et
» va subir son arrêt. Il n'y a donc
» rien à redouter pour moi. Dans
» trois jours nous serons ensemble.
» Ton fidèle époux.

» Fonfrède de Venette ».

Clotilde n'eut pas plus tôt lu cette

lettre, que mille pensées sinistres vinrent l'assaillir. Elle ne pouvait concevoir pourquoi son époux était sorti de prison pour y rentrer, ou du moins dans l'appartement du Prevôt. Pourquoi l'y faire attendre si long-temps? et comment ses compagnons l'avaient-ils abandonné? Elle ne put s'empêcher d'en faire des reproches à Bernard; il s'en défendit, et dit que le même homme qui avait engagé Fonfrède à venir trouver le Prevôt, était revenu d'un air riant pour lui remettre la lettre de leur ami, et lui dire, messeigneurs Caperel et Vénette sont ensemble; le premier remet l'autre en possession de tous ses biens: cela sera encore long; sir Fonfrède vous prie de partir, il vous rejoindra. Ces assurances, quelque peu d'accord qu'elles fussent avec les menaces de

Henri, calmèrent cependant Clotilde, sans toutefois dissiper entièrement ses inquiétudes; mais deux jours qui se passèrent sans qu'on eût aucune nouvelle de sir de Venette, les rendirent plus cruelles qu'elles n'avaient jamais été. Henri, en attirant Fonfrède chez lui, n'aurait-il fait que lui tendre un nouveau piége? Clotilde se détermina, quelque chose qu'il en coûtât à son cœur, à parler de ses soupçons à Bernard, qui en avait de semblables. Il pensa que dans le cas où ils seraient fondés, elle seule pourrait sauver Fonfrède, en allant se jeter aux pieds du Roi, et il fut décidé qu'il fallait que Clotilde retournât à Paris, que Faustin l'accompagnerait, et que si Venette était libre enfin, ils reviendraient ensemble. Madame Faustin voulait partir avec son amie; mais celle-ci ne voulut point y consentir; car c'eût été un trop grand chagrin pour madame Bernard, qui se plaignait qu'elle faisait des préparatifs magnifiques pour une fête, et que tout le monde s'en allait, elle ne savait pourquoi, puisque sans doute Fonfrède serait sous peu à Arras. Madame de Venette aurait bien voulu avoir la même certitude; mais malheureusement elle en était bien éloignée.

CHAPITRE XL.

L'INFORTUNÉE Clotilde trouva dans Justine un cœur qui compatit à ses peines; cette excellente fille essuya ses pleurs et lui fit encore entrevoir une lueur d'espérance. Notre Roi est si bon, il vous écoutera; et sans perdre le sir de Caperel, il vous rendra votre époux, s'il est vrai qu'on l'ait remis en prison. Madame de Venette le croyait quelquefois. Dans d'autres instans, elle craignait d'arriver trop tard, ou de ne pouvoir sauver son époux qu'en immolant Henri : cette pensée la mettait au désespoir. Cependant elle n'hésita pas à faire toutes les démarches possibles pour briser les fers dont elle ne doutait pas que Henri n'eût chargé de nouveau le sir de Venette.

Il fallut bien s'arrêter après la première journée. Nos voyageurs trouvèrent André dans l'auberge où ils descendirent; il venait chercher son beau-père; sa femme, s'ennuyant de ce qu'il n'arrivait pas, avait engagé son mari à faire ce voyage. Il avait passé par Paris, et savait que le Baron devait être exécuté le lendemain. — Quelques personnes voulaient que je restasse; mais j'en aurais été bien fâché. Les lois doivent punir le crime; mais quelque coupable que soit celui qu'elles frappent, prendre plaisir à se repaître de ses douleurs, dénote toujours une âme atroce à qui il n'a manqué que l'occasion pour être aussi criminel que le criminel même. Clotilde fut de son avis. Elle le pria à souper, ce qu'il accepta. Faustin lui fit quelques questions sur le château de Neuville. André y répondit en homme qui ne partage pas l'opinion vulgaire. Le repas fut promptement terminé; personne n'était empressé de parler : trop de pensées les agitaient, et Clotilde désira se coucher de bonne heure pour se lever avant l'aurore. Elle chargea André de mille choses affectueuses pour le bon vieillard, l'assurant qu'aussitôt que M. de Venette lui serait rendu, ils iraient ensemble le voir à Poitiers. — Vous y serez reçue avec transport. Sir Fonfrède est le libératenr de mon père, et il peut compter sur notre inviolable attachement. Clotilde soupirait.

Puisse-t-il, dit-elle, en recevoir les témoignages! et elle se retira; mais il lui fut impossible de dormir. Une terreur secrète s'était emparée de son âme; elle croyait entendre les gémissemens de son époux; elle croyait le voir entouré de bourreaux qu'elle ne pouvait attendrir.

Enfin, dès que l'aube parut, elle se leva, réveilla elle-même les servantes et les valets de l'auberge, et leur donna ordre de préparer sa litière. Justine ni Faustin ne la firent pas attendre, et ils se mirent en route. Madame de Venette ne voulut pas s'arrêter ni descendre de sa voiture, de sorte qu'ils arrivèrent à Paris vers les trois heures après dîner. Faustin et son valet allaient en avant; et comme ils entraient dans Paris, ils virent une grande affluence de peuple qui se portait vers la place publique qu'ils devaient traverser. Ils demandèrent ce que c'était. — Fort peu de chose, répondit un espèce de philosophe ; c'est le baron de Loyac, ce méchant homme qui désolait les environs d'Arras par ses vexations, et qui va enfin payer la peine due à ses crimes. Clotilde, voyant cette multitude et un échafaud dressé au milieu de la place, détourne les yeux : elle est trop sensible pour ne pas craindre d'y voir monter le baron de Loyac. Cependant, à un cri que fait Justine, elle regarde ce qui cause son effroi. Quel fut celui dont elle fut frappée, quand elle ne put douter que c'était son époux qui était condamné à avoir la tête tranchée ! car elle ne concevait pas la possibilité de la supposition. Quand elle vit l'infortuné s'élancer vers elle, et que retenu par ses bourreaux, qui lui avoient ôté la faculté de parler en lui fermant la bouche avec un bâillon, il ne put que jeter un coup-d'œil si douloureux et si tendre sur elle, qu'il pénétra jusqu'au fond de son cœur; qu'elle vit cet homme vertueux perdant tout espoir d'échapper à ses ennemis, tendre sa tête à l'exécuteur de la justice. A cette vue les yeux de Clotilde se couvrent des ombres du trépas, et elle reste inanimée dans les bras de Justine. Faustin, qui avait aussi reconnu son malheureux ami, et qui savait qu'il ne pouvait être mené à la mort que sous le nom de Loyac, lance son cheval, et arrive au pied de l'échafaud au moment où l'on forçait Fonfrède à y monter. Arrêtez! arrêtez! s'écrie-t-il, ce n'est pas le coupable qui va périr; ce n'est pas Loyac que vous menez à la mort ; c'est le sir de Venette. Les exécuteurs s'arrêtent un instant. Faustin va prouver ce qu'il avance, lorsqu'un homme de haute stature, et qu'il crut être Sylvestre, s'approche de lui, suivi d'archers auxquels il ordonna de l'arrêter, et malgré ses efforts ils l'enlèvent de son cheval et l'entraînent avec eux, sans que le peuple, qui les prend pour des agens de la justice, essaie de le défendre; car il croit Faustin aposté par les amis de Loyac pour sauver ce grand coupable, à la place duquel il laisse périr le vertueux Fonfrède, dont Justine, qui soutenait toujours sa maîtresse évanouie dans ses bras, a la douleur de voir tomber la tête sous le fer des bourreaux. Cette pauvre fille, effrayée du sort de Faustin, n'ose élever la voix pour faire entendre la vérité, et ne songe qu'aux moyens de sauver madame de Venette.

Les muletiers, qui n'avaient pu passer à cause de la foule, lorsqu'elle s'écoula, demandèrent où il fallait aller. Justine, qui croit voir d'où part ce coup affreux, et ne songe qu'à soustraire Clotilde aux persécutions de Henri, leur dit : Retournez à Arras; nous n'avons plus besoin ici; nous irons coucher à Saint-Denis; et madame de Venette, profondément évanouie, sort de Paris, et arrive à Saint-Denis sans avoir repris la connaissance de son cruel malheur.

CHAPITRE XLI.

Au moment où madame de Venette entra dans l'hôtellerie, elle ouvrit les yeux. Croyant sortir d'un sommeil qui lui avait ôté toute idée, elle demanda à Justine : Nous voilà donc arrivées à Paris ? Il est bien tard, il commence à faire nuit : je ne pourrai entrer dans la prison. — Il n'est pas nécessaire, reprenait Justine. — Rien n'est plus important : je veux le voir. Mais, mon Dieu ! comme je suis faible, je ne puis me soutenir ; car on l'avait descendue de sa litière avant qu'elle eût entièrement repris ses sens, et assise dans un grand fauteuil. Je dormais donc bien profondément? je suis encore engourdie. Où est donc Faustin? — Il viendra. — Dites-moi, Justine, pourquoi ne m'avoir pas fait conduire dans le même hôtel où j'avais été loger dans mon premier voyage? — Cela ne se pouvait pas. — Et pourquoi, je vous prie? Vous avez l'air troublée! Qu'est-il arrivé? Où est Faustin? — Madame, puisque vous voulez absolument le savoir, il a été arrêté en arrivant à Paris; et craignant qu'il ne nous en arrive autant, et ne pouvant savoir quelles étaient vos intentions puisque vous étiez évanouie, j'ai dit au muletier de repartir sur-le-champ : votre état étant toujours le même, j'ai fait arrêter à St.-Denis. — Nous sommes à St.-Denis? — Oui, Madame. — Faustin est arrêté? — Oui, Madame. — Que dit-on de Fonfrède? Et Justine gardait le silence. Ne crains point de m'apprendre mon sort; quel qu'il soit, il ne peut être qu'horrible. — Je vous ai dit, Madame, tout ce que je savais. — Justine, vous me trompez; pourquoi me serais-je évanouie? Mais, oui, je me le rappelle, il y avait une foule énorme : Faustin s'est avancé, il a tendu les bras à un infortuné : ce n'était pas Loyac; il ne l'eût vu qu'avec horreur; mais, Ciel! cette fatale ressemblance!.... Ah! Justine, prends pitié de moi. Justine, serait-il vrai qu'une semblable horreur eût pu venir dans la pensée!.... Quoi! Caperel aurait pu être capable de ce crime! Justine, je retourne à Paris; je tombe aux genoux du Roi, je lui demande mon époux ou la tête du Prevôt.... La tête de Henri! malheureuse, que dis-tu? toi, demander la mort de

Henri! ah! c'est la tienne, qui peut seule te délivrer de l'horreur de haïr ce que tu as tant aimé. Henri, tu as pu être coupable de ce crime affreux! tu as pu faire conduire l'homme vertueux sur l'échafaud! tu as rendu la liberté au coupable! et toi, malheureux Fonfrède, quelles auront été tes pensées en te voyant livrer au supplice? Tu m'as vu, je me le rappelle; tu as fait un mouvement pour t'élancer vers moi, et je n'ai pu supporter l'excès de mon malheur. J'ai perdu tout sentiment; mais je vengerai mon époux, et sur qui? malheureuse.... Non, Justine, je ne puis plus supporter mon sort, laisses-moi mourir. Justine, la voyant dans le plus profond désespoir, et craignant qu'elle n'attentât à sa vie, la serrait dans ses bras; mais tout à coup Clotilde s'échappe des mains de Justine, court vers une fenêtre qui était ouverte, et allait se jeter à plus de trente pieds sur le pavé, quand cette fille effrayée appelle au secours : toute la maison accourt, et jusqu'aux voyageurs s'empressent de venir aux cris de Justine; mais Clotilde ne peut supporter ce trop violent effort, et retombe sans connaissance. Un homme, enveloppé dans un manteau, se trouve parmi la troupe; il s'empresse à la secourir; il a la taille et les traits de Venette; il s'écrie : Ciel! c'est elle que je retrouve; c'est Clotilde, c'est mon épouse. Justine ne sait si un songe l'abuse; ses yeux ne peuvent distinguer la vérité; est-ce le baron de Loyac? est-ce le sir de Venette? Ne perdons pas de temps, dit ce mystérieux personnage à Justine; puisque le Ciel nous réunit, par tons. Justine hésite, veut s'expliquer. Cet homme s'approche de son oreille, et lui dit : Voulez-vous attendre que Caperel nous sépare encore. Ce mot la décide, et elle suit sa maîtresse, que l'homme au manteau enlève sans que personne se mette en devoir de l'en empêcher, car il jette plusieurs pièces d'or sur la table; et sans se séparer du précieux fardeau qu'il serre entre ses bras, monte un cheval que son valet tenait tout prêt. Justine en monte un autre que l'on lui présente, et ils fuient de toute la vitesse des jambes de leurs chevaux. Ils sont bientôt rejoints par quatre autres cavaliers; et quittant la route d'Arras, ils suivent celle du pays où l'homme au manteau a résolu de conduire Clotilde. Justine, qui tremble que ce ne soit Loyac, veut que l'on arrête, que l'on donne des secours à sa maîtresse toujours privée de ses sens : les cavaliers lui présentent la pointe de leurs sabres et lui disent : qu'elle est morte si elle profère une parole. A cette menace, elle ne doute plus du malheur de Clotilde, et demande au Ciel de les protéger l'une et l'autre, puisqu'elles n'ont point d'espérance de l'être des hommes.

CHAPITRE XLII.

TANDIS que l'infortunée Clotilde, privée de sentiment, est entraînée loin de ses enfans et de ses amis, il faut développer aux lecteurs l'affreuse trame qui leur a fait voir Fonfrède sur l'échafaud dressé pour Loyac.

On se rappelle que le sir de Caperel n'avait donné qu'une heure à Clotilde pour l'empêcher de partir, et que la lettre avait été remise plus de quatre heures après. Le sir de Caperel, furieux de n'avoir aucune réponse, monta à cheval, suivi d'Antoine, et ne proféra pas une parole pendant toute la route. Arrivé à

Paris, il attendit dans une hôtellerie qu'il fût nuit pour se rendre chez lui sans être reconnu; parvenu à la porte de son appartement, dont il avait une double clef, il passa dans sa chambre où il trouva le faux malade qui eut une grande joie d'être débarrassé de son rôle. Le Prevôt s'enferma avec Sylvestre; on a à peine su ce qu'ils se dirent: ne pouvant rien conclure, il remit au lendemain la décision du sort de Venette, et après avoir soupé tête-à-tête, Sylvestre se retira, laissant le Prevôt dans un trouble et une agitation si grande, que tout autre que Sylvestre en eût été touché; mais lui, les rochers étaient moins durs que son cœur. Après une nuit dont toutes les heures s'étaient écoulées sans que Morphée ait eu pitié de Henri, et lui eût donné quelque repos.

Il envoya chercher Sylvestre dès qu'il fit jour, pour arrêter enfin ce qu'il voulait faire. Ce scélérat, désirant accomplir son affreux dessein, en reparla au Prevôt, et on entendit que Caperel lui disait : Non; laisse-moi. — Comme vous voudrez, Monseigneur, je ne dirai plus rien. — Quoi! tu ne peux trouver d'autre moyen que celui-là? — Aucun. — Il faut y renoncer. — Cela m'est bien égal. — Sylvestre. — Monseigneur. — Tu lui diras. — Cela ne servirait à rien; il est d'une opiniâtreté, ce maudit Fonfrède, que le Ciel confonde. — Non, plutôt, que le Ciel l'inspire. J'ose l'invoquer, moi, invoquer le Ciel quand les furies me poursuivent : Sylvestre où es-tu donc? — Me voilà, Monseigneur. — Crois-tu que l'on puisse s'y tromper? — Sans aucun doute; mais vous ne le voulez pas: ainsi, c'est une affaire finie. Fonfrède part dans deux heures pour Arras: Clotilde va le revoir; quelle nuit délicieuse attend le sir de Venette! — Malheureux, peux-tu me présenter cette image! l'esprit de ténèbres parle par ta bouche; c'est lui qui t'inspire ces discours insidieux qui me feront tomber dans l'abîme. Il ne te suffit pas d'être un infâme scélérat, il faut que je le sois aussi. Et qu'y gagnerais-je? Clotilde voudrait-elle être la compagne du meurtrier de son époux, du père de ses enfans? Non; elle me repousserait avec horreur. Ah! tu ne connais pas Clotilde; tu ne sais pas que la vertu la plus pure règne dans son cœur. Clotilde m'aime, je n'en puis douter; mais Clotilde est encore plus sensible à l'honneur, et perdre l'estime de Clotilde est plus affreux que d'être privé de l'espoir d'être à elle. — Eh bien! Monseigneur, conservez-la, cette estime que vous préférez à son amour; mais alors rendez la liberté à Fonfrède. — Non jamais, jamais. — Qu'en ferez-vous? — Je ne sais. — Ecoute, Sylvestre; si je l'envoyais dans mes terres d'Auvergne, en lui disant que s'il sort de l'enceinte du parc, il est mort. — Il en sortira, vous dénoncera, et ce sera vous qui porterez votre tête sur l'échafaud. Ah! plût au Ciel; je ne souffrirais plus. — Alors, Monseigneur, si vous voulez, j'irai trouver le Roi. Je lui dirai, quoique cela ne soit pas vrai, que vous avez pris soin de nous aposter comme témoins du meurtre de Longpré, le tout pour faire arrêter un mari dont vous voulez séduire la femme : cela, je vous assure, suffira. Le Roi vous livrera à la justice qui, à son tour, vous délivrera de l'ennui de vivre. — Vous ne parlez jamais, Sylvestre, que pour me désespérer, et parce que vous êtes malheureusement le dépositaire des tourmens que me cause mon funeste amour, vous en abusez : mais je saurai bien malgré vous échapper à vos piéges ; c'est à Clotilde que je confierai mon sort. Allez dire à Fonfrède qu'il est libre ; prenez ce papier que vous lui remettrez : c'est le désistement de mes prétentions sur sa terre de Champeaux. Allez, Sylvestre ; craignez que je ne vous rappelle. Sylvestre prit le papier et sortit.

— O mon Dieu ! dit Henri, voici donc la première fois, depuis que l'amour s'est emparé de mon âme ; que je puis m'élever jusqu'à toi sans craindre ta justice. — Clotilde, me sauras-tu quelque gré de t'avoir rendu le père de tes enfans? me permettras-tu de te revoir quelquefois, d'espérer que lorsque l'ordre de la nature t'aura rendu la liberté, tu me donneras un titre qui n'eût dû être qu'à moi? Alors tu ne repousseras pas ton malheureux amant; je te verrai lui sourire du souris céleste qui n'appartient qu'à l'amour vertueux. Tes enfans seront les miens; ces aimables enfans qui m'ont préservé du malheur d'outrager la beauté sans défense. Ma Clotilde, nous serons encore heureux; on ne peut l'être que par la vertu. Mais quoi! mes idées se confondent. Fonfrède, que veux-tu? Je te rends à ton épouse; ai-je pu faire davantage? Mais si tu osais accuser cette femme adorable, si tu la rendais malheureuse, je le saurai, et alors tes liens avec elle seront rompus.

— Sylvestre, Sylvestre! il ne vient point. Oh! Dieu, que fait-il? Sylvestre, Sylvestre! A ses cris redoublés, Antoine accourt et lui demande ce qu'il veut. — Ce que je veux..... Tu peux le demander? Ce que je veux, je veux Clotilde. Ah! qu'ai-je dit: garde-toi de le répéter. Va chercher Sylvestre; qu'il vienne à l'instant. — Monseigneur, depuis plus de quatre jours il n'a pas paru ici. — Il y est, j'en suis sûr: amène-le moi. — Je vous obéis. — Où vas-tu?—Chercher Sylvestre.—Non, c'est un monstre que je ne veux plus revoir. Défends-lui d'approcher de moi. Dieu! que je souffre. Une fièvre ardente est dans mon sein, et c'est le moindre de mes maux. — Si vous faisiez bien, Monseigneur, vous vous coucheriez. — Me coucher! et si Clotilde vient. — Elle ne viendra pas, Monseigneur; madame de Venette n'est pas à Paris. — Non; mais elle y viendra pour me remercier de lui avoir rendu son époux. Est-il bien vrai que je le lui aie rendu? Le sais-tu, Antoine? — Monseigneur, je l'ignore. — Eh bien! vas au cachot où il était enfermé, fais-toi ouvrir les portes, et puis tu reviendras me dire s'il y est encore; prends cet ordre que tu montreras au geôlier pour qu'il t'ouvre le cachot; et dès que tu te seras assuré qu'il n'y est plus, reviens me le dire. — Oui, Monseigneur; et Antoine sortit, en donnant ordre à ses camarades d'être prêts à entrer chez le seigneur Caperel au moindre bruit qu'ils entendraient.

Henri était passé de l'orage des passions au délire de la fièvre, qui achevait de lui ôter le souvenir de tout ce qui s'était passé; il marchait à grands pas dans sa chambre, où il croyait à tout instant voir entrer Clotilde, appelant Sylvestre, Antoine, et ne concevant pas pourquoi il était seul; et si ses valets, effrayés de son état, se permettaient d'ouvrir sa porte, il les renvoyait en les accablant d'injures. Enfin Antoine revint; et lorsque Henri l'aperçut, il courut à lui, et lui dit en le prenant au collet. — Eh bien! y est-il encore. — Non, Monseigneur. Alors il tomba dans un accès de fureur dont Antoine eût été la victime si ses camarades qui entrèrent ne se fussent, avec beaucoup de peine, emparés du Prevôt; ils le lièrent sur son lit, et un d'eux alla chercher le médecin, qui le saigna plusieurs fois sans pouvoir calmer la fièvre qui troublait sa raison; il appelait sans cesse Sylvestre, Clotilde, mais il ne prononçait pas le nom de Fonfrède. Il le désignait toutefois: il est là, disait-il, cet homme juste que l'on accuse; j'ai voulu sa perte, mais c'est moi qui périrai si Clotilde ne vient à mon secours. Enfin l'accablement le plus profond succède à ses transports, et les médecins annoncèrent que ses jours étaient dans le plus grand danger; qu'il n'y avait plus rien à faire; qu'il fallait l'abandonner à la nature, qui trouverait peut-être dans la jeunesse et la force de son tempérament des ressources qui échapaient à l'art. Cet état dura près d'un mois; et ce sont les événemens qui se passèrent pendant ce temps dont nous allons rendre compte.

On se rappele que Henri avait eu une conversation secrète avec Sylvestre à son retour d'Arras. Il paraît certain que le seigneur Caperel, désespéré de la constante vertu de Clotilde, était alors réellement décidé à soustraire Fonfrède à la société par quelque moyen que ce fût ; mais l'horreur que lui causa le projet que le scélérat Sylvestre avoit conçu, de profiter de la ressemblance de Fonfrède et de Loyac, pour livrer au supplice l'innocent et y arracher le coupable, projet qu'il osa proposer ouvertement au Prevôt, ramena enfin celui-ci à des sentimens d'honneur. Sylvestre, dont l'âme était aussi basse qu'atroce, fut au désespoir quand il reçut l'ordre de mettre M. de Venette en liberté ; car il crut que ses machinations allaient être déjouées. Cependant, comme l'espoir de faire le mal s'éteint difficilement dans l'âme des méchans, il différa de faire sortir les trois amis de prison, et il revenait chez le Prevôt pour tenter encore d'ébranler ses généreuses résolutions, lorsqu'il le trouva privé de sa raison. Rien ne pouvait mieux servir ses désirs ; car de ce moment il ne voyait plus d'obstacle à son horrible dessein. Henri étant tombé dans un état de démence, rien n'arrêta plus l'exécution de l'infernal complot que Sylvestre avait ourdi.

Laissant donc Caperel aux soins de ses domestiques et des médecins, Sylvestre vola au cachot du baron de

Loyac, dont il obtint que l'on ouvrît la porte, moyennant un faux ordre du Prevôt. Le Baron frémit au bruit des verroux ; il croit que Sylvestre s'est joué de lui en recevant deux mille livres, sans avoir envie de le sauver, et que l'on vient lui signifier sa sentence. Une sueur froide coule de son front, que la pâleur du trépas décolore. Terrible moment, où celui qui a tout à redouter des hommes, n'ose implorer le secours de Dieu. Telle était la situation de Gendulphe, quand Sylvestre entra dans son cachot. Le Baron le voyant seul reprit un peu de courage. Que me voulez-vous, dit-il, d'une voix tremblante? — Vous le savez, vous sauver. — Dieu! serait-il possible, reprit Gendulphe? monseigneur le Prevôt s'est-il donc enfin ressouvenu de moi ? J'avais cru qu'il m'avait entièrement abandonné. — Vous ne vous trompez pas, mais je n'ai pu me résoudre à voir périr un aussi brave Seigneur, et je viens, à mes risques et périls, tenter de vous faire sortir d'ici. Vous vous rappelez nos conditions ? — Rien ne m'y fera manquer. — Je ne suis pas, reprit Sylvestre, riche et puissant comme monseigneur Caperel; ainsi je ne puis être grand et généreux comme lui : j'ai une femme, beaucoup d'enfans; il faut que tout cela vive (*). — C'est une chose con-

(*) On aurait pu lui répondre comme le ministre.... à un satirique : Je n'en vois pas la nécessité ; car la race des méchans devrait s'éteindre dans une seule génération.

venue: ma femme a dû vous remettre deux mille francs. — Oui, Monseigneur. — Vous recevrez de même trente-huit mille francs. — J'en suis assuré. Sylvestre ne perdit pas de temps pour exécuter sa fatale promesse; ayant reçu de l'argent, il en répandit assez dans la prison pour s'y rendre maître et y faire ce qu'il voudrait.

On n'a pas oublié qu'à l'instant où les amis du sir de Venette partaient pour Arras, celui-ci se croyait alors dans le logement du Prevôt; mais Sylvestre l'avait conduit dans le sien, où il vint le trouver avec quatre scélérats qu'il avait à ses ordres; ils portaient des habits que Venette crut reconnaître pour être ceux de Loyac, et ils le forcèrent de s'en revêtir, tenant un poignard sur sa poitrine; ils le firent descendre par un escalier intérieur qui communiquait avec les souterrains de la prison. Ces monstres y portèrent l'infortuné Venette, qui avait tenté inutilement de se défendre contre quatre hommes aussi vigoureux que cruels, et le jetèrent dans le cachot que Loyac venait de quitter; et sans lui adresser aucune parole, et sans répondre à aucune de ses questions, ils le laissèrent seul. Six jours après l'on vint le chercher pour le conduire à l'échafaud; il fut traîné au supplice, comme nous l'avons vu, sous le nom de Loyac, et cela à l'instant où sa femme et son amie venaient à son secours; il les vit et ne put leur faire entendre ses plaintes. Certain qu'il n'avait rien à espérer de la justice humaine, il se confia à celle du Souverain Juge. Il tendit la tête au fer du bourreau, et il s'endormit dans le sein de Dieu avec le calme de l'innocence.

CHAPITRE XLIII.

Sylvestre, sans s'informer de l'état de Henri, aussitôt après l'exécution de Venette, partit pour Arras, afin d'aller trouver la baronne de Loyac, qui lui donna l'argent dont la lettre de Gendulphe le rendait possesseur.

Au moment de quitter Arras, il se ressouvint qu'il avait un paquet cacheté à remettre à madame de Venette; et comme ce qu'il contenait ne pouvait lui être bon à rien, il aima autant s'en débarrasser de suite. Il alla donc chez elle, enveloppé dans son manteau, ayant sur la tête un chaperon qui lui couvrait presque tout le visage. Il demanda madame de Venette; on lui dit qu'elle était à Paris.: il demanda sir Bernard, qui vint aussitôt, et sans entrer dans la maison, il lui remit le paquet, et s'enfuit à toute bride. Cette singulière manière de faire une commission troubla sir Bernard : il lui avait paru que cet homme était Sylvestre. Cependant, il prit le paquet, et voyant qu'il était adressé à madame de Venette, comme il ne savait rien de ce qui se passait à Paris, il attendit qu'elle en fût revenue pour le lui remettre; mais quand ils surent par le muletier qu'elle était partie, disait-il, avec M. de Venette, que d'autres disaient avoir péri à la place de Loyac, il se décida à ouvrir cette mystérieuse dépêche, en présence de M. et de madame Faustin, et de sa femme, et on y trouva l'acte qui remettait madame de Venette dans tous ses biens, et une lettre de Henri Caperel.

Lettre de Henri Caperel, Prevôt de Paris, à Clotilde de Venette, dame de Champeaux.

« Madame,

» Je ne vous parlerai plus de moi,
» ni des tourmens affreux auxquels je
» me condamne en renonçant à
» l'espoir de devoir à l'amour tout le
» bonheur de ma vie; je dois m'im-
» moler au vôtre. Je vous rends votre
» époux et vos biens; le désistement
» le plus complet vous mettra en
» possession de Champeaux. Dai-
» gnerez-vous vous y souvenir quel-
» quefois de l'infortuné dont le res-
» pect et l'admiration pour vos vertus

» et vos charmes durera autant que
» la vie.

Votre très-humble et très-
obéissant serviteur.

HENRI, Prevôt de Paris ».

Cette lettre ne parut aux amis de madame Venette qu'une ruse pour empêcher la veuve de Fonfrède de faire aucune démarche.

Cependant on était étonné qu'il lui rendît ses biens, et plus encore de la manière dont il avait envoyé ce désistement. Bernard avait bien remarqué que les deux suscriptions n'étaient pas de la même écriture; mais cela pouvait s'être fait tout naturellement; ainsi, on n'en pouvait rien inférer: enfin, d'une manière ou d'une autre, c'était beaucoup qu'en privant les malheureux enfans de Clotilde de leur père, Henri leur eût restitué leurs biens; et sans approfondir plus long-temps la conduite bizarre du Prevôt, on ne s'occupa plus que de mettre les enfans de madame de Venette en possession de la terre de Champeaux et de la maison d'Arras.

Quant à Gendulphe, avant de s'expatrier, il voulut revoir sa femme et ses enfans, et surtout prendre des arrangemens pour vivre commodément en Italie, où il comptait se retirer sous un nom supposé, laissant à sa femme son arrêt pour preuve de sa mort. Dès que Sylvestre lui eut rendu la liberté, il alla donc très-secrètement à Loyac. La malheureuse madame de Loyac, tremblant de le revoir, n'apprit cependant qu'avec effroi de quelle manière il avait échappé au supplice, et plaignit sincèrement madame de Venette d'en être réduite à pleurer un époux que la plus infernale ruse avait précipité dans la tombe.

Elle engagea le Baron à renoncer à la vie licencieuse qu'il avait menée depuis sa jeunesse, et le prévint qu'étant libre aux yeux de la loi, elle en profiterait pour se retirer dans un couvent, où elle prendrait le voile dès que ses enfans auraient atteints leur majorité. — Je ne m'y oppose point, dit-il, puisque c'est un moyen de vous rendre heureuse; et il la quitta après l'avoir engagée à vendre une portion de forêt dont il lui ferait passer le montant en traite sur un banquier de la ville où il se retirerait, afin de vivre commodément pendant dix à douze ans, terme qu'il avait mis à sa vie, sans savoir si l'Arbitre de nos destinées les lui accorderait. Madame de Loyac suivit le plan qu'elle s'était formé et se retira dans un cloître, priant sans cesse pour le salut de celui dont elle portait le nom.

Dès que le Baron eût mis en règle ses affaires d'intérêt, il ne s'occupa plus que de reprendre un plan qu'il n'avait pu mettre encore à exécution: c'était d'enlever madame de Venette, bien pour qu'elle fût à lui, mais plus encore pour que Caperel ne s'en emparât pas; car il était bien persuadé que c'était le Prevôt qui avait fait mourir le mari pour épouser la veuve: mais il ne pouvait exécuter seul ce projet. En quittant madame de Loyac, il se rendit dans la forêt, et y trouva ses gens, qui étaient désespérés parce qu'ils le croyaient mort; ils eurent donc une grande joie quand ils le revirent, et lui promirent de le servir envers et contre tous : il en prit quatre avec lui des plus déterminés, qu'il mena à Saint-Denis, avec ordre d'arrêter toutes les litières qui passeraient sur la route, pour s'emparer de celle où serait Clotilde. Cependant, madame de Venette, à son arrivée à Paris, leur échappa, et nous verrons à quoi servirent les précautions que Loyac avaient prises.

Quant à Silvestre, craignant autant la colère du Prevôt que la foudre, il ne revint point à Paris, et passa en Flandre, où il essaya, avec ses trente-huit mille livres, s'il pourrait vivre en honnête homme. Nous saurons s'il put y réussir.

CHAPITRE XLIV.

LE Prevôt recouvrit enfin avec la santé l'usage de la raison, et son premier soin fut de demander ce qu'était devenu Fonfrède. — Il est parti pour Arras, dit Antoine, qui le croyait. — Le Ciel soit béni, il a détourné de moi l'horreur d'un crime; mais pourquoi m'a-t-il retiré des portes du trépas, puisqu'il faut que je vive séparé de Clotilde? Et il attendait le retour de ses forces pour aller à Arras. Je lui ai rendu son époux et ses biens : elle n'a plus aucun sujet de me haïr : rien ne doit donc m'empêcher de la voir comme son parent; et il faisait mille plans différens pour allier les devoirs de Clotilde, dont il savait qu'elle ne se détournerait pas, et l'amour extrême dont il brûlait pour elle. Henri fut surpris de ne plus voir Sylvestre. Il demanda à Antoine ce qu'il était devenu. — Je l'ignore, Monseigneur, je ne l'ai pas vu depuis le jour où vous donnâtes l'ordre de ne pas le laisser entrer, disant que c'était un monstre; et je pense bien, comme Monseigneur, que ce n'est pas un bien honnête homme. Cependant, comme le plus scélérat ne veut pas qu'on le lui dise, il aura su tout ce que vous pensiez de lui, et il s'en est allé, peut-être pour faire pis encore. Tenez, Monseigneur, je ne suis qu'un pauvre valet, mais je ne voudrais pas avoir, si j'étais à votre place, des coquins comme Sylvestre et son camarade à mon service. — Tu as bien raison, mon cher Antoine; et il s'en est fallu bien peu que ses mauvais conseils n'aient prévalu sur ce que me dictait l'honneur et la religion; aussi, je suis fort aise que Sylvestre se soit éloigné, et que son camarade ait terminé son sort. L'intention où je suis de remettre ma charge au Roi, fera que je ne serai plus dans la nécessité d'avoir à mon service de ces espèces de gens, qu'il faut bien employer malgré leur bassesse, parce que l'adresse qu'ils ont reçue de la nature, et que d'honnêtes gens rougiraient d'employer, leur fait percer les plus sombres mystères, et prévenir par leurs délations des crimes qui, sans les espions, couvriraient toute la terre. Antoine écoutait son maître sans répondre; mais il ne comprenait pas comment, ce qui était mauvais en soi, pouvait être bon, de quelque manière qu'on l'employât.

Henri lui cita ces comparaisons si usées, des différentes plantes dangereuses dont on tirait des remèdes salutaires; mais tout cela ne servait point à convaincre Antoine. Une chose étonnait le Prevôt, c'était de n'avoir pas eu de nouvelles du désistement qu'il avait donné de Champeaux. Est-il possible, se disait-il en lui-même, que Clotilde me sache si peu de gré de ce que je sacrifie à ses opinions, pour n'en pas recevoir un seul mot; mais n'importe, j'irai à Arras. Bientôt je serai libre de mes actions, et je n'aurai plus d'autre occupation que de penser à Clotilde et de chercher à la voir. En effet, il envoya sa démission. Le Roi ne voulut pas la recevoir, mais il insista, et prit pour prétexte sa mauvaise santé. Enfin, S. M. nomma à sa place, et Henri partit pour Arras, où il espérait retrouver sa chère Clotilde.

A peine fut-il dans cette ville qu'il courut chez elle; mais il ne trouva dans la maison qu'elle habitait qu'une pauvre paysane, à qui il demanda madame de Venette. — Ah! mon dieu, Monsieur, nous ne savons pas où elle est; c'est la désolation de toute la ville, et surtout des pauvres, car elle soignait les malades, habillait et nourrissait les enfans, les vieillards, travaillant de ses propres mains pour les infortunés; et ce qui est admirable, c'est qu'elle ne faisait que suivre les volontés de son époux, de ce bon sir de Venette, que des scélérats ont fait enlever pour un crime qu'ils avaient commis, et *oncques* depuis on ne l'a vue. Sa femme a été pour le sauver, ils l'ont fait disparaître aussi. Oh! s'ils venaient à Arras, ces coquins qui ont peut-être fait périr Fonfrède et sa femme, le peuple les mettraient en pièces ; et puis, qu'est-ce que vous dites de ce prevôt de Paris, qui leur avait pris leur bien et qui le leur a rendu ? Enfin, cela fait toujours que les pauvres enfans ne sont pas à la charge des étrangers. — Et où sont-ils ? — Ils sont chez madame Bernard, et c'est le sir Bernard qui est leur tuteur; et au moins, chez ces braves gens, ils sont à l'abri des scélérats qui les ont privés de leur père et de leur mère.

Henri avait écouté le discours de la vieille avec un étonnement extrême. Il ne pouvait concevoir que Fonfrède ne fût pas de retour, encore moins que Clotilde, après ce qu'il lui avait écrit, le craignît au point d'abandonner son pays. Cependant le désistement avait été remis, puisque les enfans étaient rentrés en possession. Ce fut alors qu'il regretta Sylvestre; il lui eut servi à pénétrer ce mystère; mais était-ce lui qui était coupable? aurait-il profité de l'aliénation d'esprit du Prevôt, pour exécuter le projet qu'il avait à peine osé proposer? mais qui l'instruira? Il pensa qu'il pourrait peut-être tirer quelque lumière de la baronne de Loyac, qui saurait si, en effet, son époux avait péri, et il se décidait à se rendre le lendemain à Loyac, lorsqu'Antoine arriva tout essoufflé. — Sauvons-nous, Monseigneur, sauvons-nous, vite le porte-feuille, la valise; montez à cheval et partons; dans un quart d'heure il ne sera peut-être plus temps. — Qu'y a-t-il donc de si pressé ? — Eh ! Monsieur, entendez-vous les cris de la populace, qui m'a poursuivie à coups de pierres, disant que j'étais de la bande qui avait fait périr le seigneur de Venette et sa femme, et que si elle vous trouvait, elle vous mettrait en pièce. En effet, on entendit un bruit confus, qui augmentait à chaque moment.

Henri, pressé par son valet de fuir un danger inévitable, et contre lequel la valeur des plus grands héros est inutile, descendit dans la cour, dont les portes étaient encore fermées, monta à cheval, et gagna la campagne par une petite porte qui y donnait, et que la vieille lui ouvrit. Dès qu'ils furent partis, les furieux entrèrent, le cherchèrent partout, et ne trouvèrent que la paysane, qu'ils voulaient forcer à leur livrer le Prevôt. Le magistrat, ayant été averti de cette émeute, envoya des troupes pour la dissiper; ainsi Henri put gagner sans danger le château de Loyac, où il ne trouva pas la Baronne; elle s'était déja rendue aux Ursulines avec sa fille ainée. Le fils du Baron était, il est vrai, au château, mais ce n'était point à un jeune homme que le Prevôt voulait confier son secret. Il passa donc outre, et alla au couvent de Sainte-Aldegonde, à trois lieues d'Arras. Il demanda en arrivant la baronne de Loyac; une vieille tourière le conduisit au parloir où, attendant madame de Loyac, il réfléchissait bien douloureusement sur sa situation, qu'il craignait encore de voir empirer, en apprenant que Loyac, échappé à la mort, n'avait pu y être soustrait que par celle de Fonfrède.

CHAPITRE LXV.

Madame de Loyac, occupée du Ciel, faisait les derniers efforts pour oublier les sujets de douleur qu'elle avait sur la terre. Elle ne venait presque jamais au parloir, et elle ne voulait pas s'y rendre, quand la sœur Ursule lui dit que c'était un bien bel homme qui voulait lui parler. — Non, non, je ne veux avoir aucun rapport avec ce sexe perfide: ici je suis arrivée au port, et je ne veux pas me rembarquer. Oh! madame, dit Ursule, il n'a pas l'air de vouloir faire de mal à personne; il est si triste, que sûrement il vient pour recevoir secours dans ses douleurs. Madame de Loyac, naturellement bonne, ne résista plus et se rendit à la grille. Elle ne connaissait point le Prevôt, et elle fut frappée de sa bonne mine et de sa profonde mélancolie.

Madame, dit Henri, daignez me dire ce que je tremble de savoir...— Sir baron de Loyac. — A terminé ses jours, et ces habits de deuil doivent vous en convaincre. — Je sais, Madame, que quelque coupable que soit un époux, sa mort n'en est pas moins sensible, et que vous en parler, est rouvrir une plaie encore trop récente. Cependant, il serait important à mon repos d'avoir quelques détails de ce triste événement. J'étais aux portes de la mort, quand le sort du baron de Loyac s'accomplit. Je n'ai pas su..... — Comment pourrais - je vous en instruire, moi qui, au moment de cette funeste catastrophe, suis venue m'enfermer ici pour y pleurer le reste de mes jours, la vie et la mort de celui dont je porte le nom. — Vous croyez donc être certaine qu'il a fini sa carrière? — J'en suis persuadée. — Eh bien! on m'a assuré du contraire, et que même il est venu vous voir (1). — Qui a pu, Seigneur? — Vous vous troublez, Madame. Il est donc trop vrai que le sir de Loyac a échappé au supplice. — Qui vous le dit, Seigneur; et quel intérêt prenez-vous à sa mort ou à sa vie? — Le plus grand, Madame; avez-vous entendu parler du sir Caperel. — Quoi! Sei-

---

(1) Il n'en savait rien, mais feignait d'en être instruit, ponr apprendre si effectivement la Baronne avait vu son époux.

gneur, serait-ce vous? — Oui, Madame, vous voyez le plus infortuné des hommes. Loyac est sauvé, et Fonfrède!.. — Seigneur, s'il a péri n'est-ce donc pas par votre ordre? — Moi, perdre l'innocent pour sauver le coupable! Quelle idée pouvez-vous avoir de moi? Je dois vous faire horreur. — Je n'ai point cherché, Seigneur, à sonder les raisons de votre conduite: celui qui a arraché mon époux à la mort ne peut m'être odieux. — Il est donc vrai que ce malheureux Sylvestre a osé exécuter l'affreux projet qu'il avait conçu; je ne suis pas étonné que le sir de Loyac se soit dérobé au châtiment qu'il méritait; il est dans l'homme de haïr la mort, mais n'avait-il donc point d'autre moyen de se soustraire au trépas qu'en y envoyant un innocent (1) ? — J'ignore, Seigneur, quels ont pu être les raisons et les causes qui ont dirigé cet événement. Je ne vous dissimulerai pas que je n'ai pu me défendre de plaindre sincèrement Fonfrède et sa famille; mais je n'ai rien su que lorsque son malheur était irréparable. — Oh ! infortuné que je suis, s'écria Henri ; je n'ai plus qu'à mourir : Clotilde ne me le pardonnera jamais; elle croira que je suis coupable. Ah ! Sylvestre, Sylvestre, qu'avez-vous fait? Madame de Loyac voyant son désespoir, se repentait de lui avoir

(1) J'ai fait cette réflexion, d'autres pourraient la faire; qu'ils pensent que c'est un fait historique, et que l'auteur n'a pu l'arranger.

appris ce forfait, dont elle le croyait coupable; elle chercha inutilement à calmer sa douleur, qui allait jusqu'à l'aliénation. Elle fut forcée de le laisser au parloir, l'heure de la retraite étant sonnée; mais elle fit dire au Chapelain qu'elle le priait d'aller le trouver. C'était un homme plein de piété et d'humanité. Il se hâta de venir joindre celui que l'on lui avait dit avoir besoin de son ministère.

Il le trouva dans un état digne de pitié; et croyant qu'il avait perdu un objet digne de son amou r, il lui parla de la résignation que nous devons au maître du Ciel. Vous la retrouverez, lui disait-il. — Jamais. — Pourquoi avoir cette idée. — C'est parce qu'elle croira devoir me fuir. — Elle existe donc encore? — Je n'en sais rien; mais pourquoi venez-vous m'interroger.

Êtes-vous mon juge? Le Roi, instruit du crime dont on m'accuse, m'a-t-il fait arrêter? Non, Seigneur, vous êtes libre, je suis un ministre des autels et du Dieu vivant qui vous parle par ma voix, qui vous engage, quel que soit le sujet de vos douleurs, de les offrir à celui qui tient en sa main toute chose, et qui peut, d'un moment à l'autre, changer votre douleur en joie. — Non, le passé échappe à sa puissance; je serai malheureux tant que mon être conservera le sentiment. Il faudrait que je fusse anéanti pour cesser de souffrir. Je n'ai point fait le crime, et j'en sens les remords.

Le père Hyacinthe, c'était le nom du religieux, craignant qu'il n'attentât à ses jours, l'engagea à passer la nuit à l'abbaye, et à venir prendre quelque repos dans le logement des hôtes, où il lui tiendrait compagnie. Henri ne voulait point accepter les offres du père; mais cependant, vaincu par ses vives instances, il se laissa conduire dans un logement très-commode. Il y avait deux lits dans la même chambre, et le père Hyacinthe donna ordre qu'on les couvrît l'un et l'autre, ne voulant point quitter cet infortuné dont il ignorait le nom; mais dont l'habillement annonçait un grand Seigneur. Antoine, qui attendait son maître, vint le joindre, après avoir mis ses chevaux à l'écurie. On servit à souper. Le moine se mit à table avec le Prevôt. Celui-ci mangea à peine. Néanmoins, ce peu d'alimens rafraîchit son sang, et le disposa à la confiance envers le père Hyacinthe, qui lui témoigna tant d'intérêt, et lui rendit tant de soins, qu'ayant renvoyé Antoine, il ouvrit entièrement son cœur à ce digne homme. Celui-ci l'écouta avec la plus grande patience; et plaignant l'effet des passions, il lui fit entrevoir quelque espérance de recouvrer la tranquillité, en renonçant à un sentiment qui l'avait conduit au malheur dont il était accablé, et avait plongé une famille respectable dans un deuil éternel.

— Sans votre fatal amour pour Clotilde, elle serait encore heureuse, ses enfans auraient un père, Sylvestre n'eût pas exécuté ce complot; au moins, réparez autant qu'il est en votre pouvoir cet affreux événement. Allez vous jeter aux pieds du Roi, apprenez-lui jusqu'à quel point vous fûtes coupable; demandez à S. M. — de vous retirer dans un cloître, pour y pleurer vos erreurs: alors la mort de Fonfrède sera constatée, et ses enfans et sa veuve, n'ayant plus rien à craindre de vos projets, reviendront en assurance dans leur patrie; la justice recherchera Loyac et Sylvestre, qui, découverts un jour, paieront de leurs têtes leurs attentats. Alors vous retrouverez, sinon le bonheur, au moins le calme, qu'un repentir sincère obtient avec le temps.

Henri convint que c'était le seul parti raisonnable qu'il eût à prendre; mais entraîné par sa passion, il était loin de s'abandonner aux conseils du père Hyacinthe. Cependant, il lui en laissa l'espoir, soit qu'il penchât de ce côté, soit qu'il ne voulût pas lui faire part de la volonté où il était de chercher Clotilde partout où elle pourrait être, et de ne se donner de repos que lorsqu'il n'aurait plus d'espérance de la trouver. Le bon père, après avoir prié avec lui, l'engagea à se mettre au lit. Henri y consentit, et dormit quelques heures assez tranquillement.

A son réveil, il trouva Antoine qui attendait ses ordres. Le père Hyacinthe avait été vaquer à ses fonctions, et avait donné ordre que l'on servît à déjeuner à son hôte, en lui disant qu'il viendrait lui tenir compagnie. Il revint peu de temps après. Il trouva Henri prêt à monter à cheval. Il ne voulait rien prendre. Hyacinthe le força à accepter un léger repas. Il l'engagea de nouveau à se rendre à Paris, et à se confier à la clémence royale. Henri lui parut disposé à suivre ses avis, et lui promit de lui écrire dès qu'il serait dans la Capitale. Le saint homme l'assura qu'il ne l'oublierait point dans ses prières, l'accompagna jusqu'au moment où il monta à cheval, et le chargea de ses respects pour madame la baronne de Loyac.

CHAPITRE XLVI.

Henri prit le chemin de Paris, non pour aller se mettre à la merci du Roi : ce n'est pas qu'il ne fût assuré que la magnanimité de ce prince ne l'eût porté à lui pardonner ; cette vertu est héréditaire dans cette auguste maison, et mille exemples le prouvent ; mais parce que son amour pour Clotilde était plus puissant que tout ce que la religion et la raison pouvaient lui faire entendre. Il retournait à Paris pour réaliser sa fortune et se rendre ainsi indépendant, afin d'employer toutes les moyens possibles pour retrouver l'objet de tous ses désirs, l'unique bien qui lui

mais il le croit le meurtrier de celui de la famille de sa femme. Que vient-il chercher? est-ce Clotilde? Clotilde qu'on l'accusait d'avoir enlevée. Il s'arrête à la porte, il ne sait s'il doit entrer; mais enfin, la reconnaissance l'entraîne; il se jette dans les bras que Henri lui tend, et y reste sans pouvoir proférer une parole. Au sentiment qui le porte vers Henri, il ne peut le croire criminel; d'ailleurs, il est frappé de son affreux changement. Henri, de son côté, brûle de l'interroger et ne l'ose pas; enfin, il fait un effort pour lui dire : Est-elle ici? — Hélas! non; et nous ignorons où elle est : on a dit que vous l'aviez enlevée; d'autres assurent que c'est sir de Venette qui l'a emmenée on ne sait dans quel pays; d'autres, et c'est malheureusement le plus probable, accusent le baron de Loyac. — Ah! que me dites vous! — Ce qui paraît le plus certain ; vous savez qu'elle était venue à Paris. — Je ne sais rien, mon cher André ; je sors à peine d'une maladie qui m'a privé pendant un mois de l'usage de la raison. A peine rétabli, je suis venu à Arras, croyant l'y trouver avec son mari, que j'avais donné l'ordre par écrit de faire sortir de prison ainsi que Faustin et Bernard, au moment où je fus attaqué d'une fièvre inflammatoire, qui m'ôta toute connaissance de ce qui se faisait autour de moi. Dès que j'ai pu monter à cheval, comme je vous le dis, je suis venu à Arras, où ne l'ayant point trouvée, je suis accouru ici ; et elle n'y est pas. Quoi, Loyac aurait eu l'audace de s'emparer de ce rare trésor de beauté, d'esprit, de grâces, de vertus! Oh! mon ami, je ne puis vivre sans elle: ne me trompez pas, je vous en conjure; dites-moi si elle n'est pas au château de Neuville. — Elle n'y est pas, je vous jure. Agathe est désolée de n'avoir aucune de ses nouvelles; si en effet Loyac l'a enlevée, vous jugez quelle est son affreuse position. — Je le retrouverai, fût-il au fond des enfers. Clotilde dans les mains de Loyac! concevez-vous, mon ami, ce que je dois souffrir de cette pensée; elle me perce le cœur. Pauvre Clotilde, que de maux je t'ai causés, moi qui donnerais mille vies si je les avais pour embellir la tienne. Il fit voir à André l'attestation du père Hyacinthe, signée de madame de Loyac, qui portait que c'était Sylvestre qui, pour une somme de 40,000 fr., avait tout fait. Cette attestation entrait dans tous les détails, et prouvait évidemment que le Prevôt n'était pour rien dans l'affreux événement qui avait terminé les jours de Fonfrède. André en ressentit une grande joie; il aimait sir Henri de toute son âme. Il lui demanda la permission de montrer cette pièce à sa femme et à ses parens, chez qui il l'engageait de venir se reposer. Je reverrais, dit Caperel, Agathe, avec un sensible plaisir, mais je ne connais point ses parens; et quant à Longpré, je ne pourrais le voir sans un sentiment très-pénible. André n'insista pas; il pensait que, malgré la justification du Prevôt, sa famille ne le verrait pas avec plaisir, car ce n'était pas assez pour eux de n'avoir pas commis le crime, c'était encore trop d'en avoir été cause. Henri ne pouvait pas anéantir les preuves qu'il avait données à Clotilde, que son intention était de se servir de l'arrestation de Fonfrède pour la faire consentir à divorcer avec lui; et en effet, ne devait-il pas aussitôt qu'il avait su M. de Venette arrêté, le faire mettre en liberté, car il ne pouvait douter, d'après l'aveu de Sylvestre, qu'il n'était pas coupable; et alors ce scélérat ne l'aurait pas conduit à l'échafaud. André pensait bien de même, mais il devait tout à Henri. Il le pria de vouloir bien attendre, qu'il lui rapporterait l'attestation du père Hyacinthe dès qu'il l'aurait fait lire à ses parens. Il revint peu de temps après avec Agathe. Elle avait aussi beaucoup d'amitié pour Henri; elle lui devait son bonheur. Agathe ne put retenir ses larmes quand elle le vit; il paraissait une ombre tant il était changé. Ils passèrent tout le jour avec lui, parlant sans cesse de Clotilde, et désespérés qu'elle ait été rencontrée par Loyac. Caperel leur fit promettre que dès qu'ils en auraient quelques nouvelles, ils lui écriraient à Paris, où il enverrait toujours chercher ses lettres. Il les assura aussi qu'il ne leur laisserait pas ignorer dès qu'il en aurait. André et Agathe, ne voulant point retarder son départ, dans l'espérance qu'il leur rendrait leur chère Clotilde, se séparèrent de lui, non sans verser des larmes, car Agathe et son mari, qui s'aimaient tendrement, ressentaient tout ce que l'amour devait faire souffrir à ce couple infortuné.

FIN DU TROISIÈME VOLUME.

verbal de la fête qui a eu lieu dans cette commune
la reprise de l'infâme Toulon.

Mention honorable & insertion au bulletin.

Les administrateurs du district de Calais annon
nouveau tribut des dépouilles de la superstition, co
onces 2 gros & demi 7 grains d'or, 151 marcs 4
galons, 508 marcs 6 onces un gros d'argent, une
à pierres, une croix d'or garnie de 7 petits diam
croix d'argent garnie de même, une bague d'or à
d'argent à pierres fines, une tête d'épingle garnie
roses *idem*, 8 pierres provenans d'un soleil; en nu
7 s. 6 d.; en assignats 1,514 liv.; cuivre argenté 452
cloches, 33,385 livres (envoyées à la fonderie de

nationale ordonne la mention honorable & l'inser-
Procès-verbal.

de la société républicaine de Nontron, dépar-
gne, est admise à la barre, & fait hommage à
es 2 onces d'argenterie, 10 marcs de galons en
iv. en espèces d'or & d'argent, 1,291 liv. 15 s.
ires de souliers, 163 chemises, 55 paires de
e laine, 20 livres de charpie, 159 livres pesant
ièces de treillis, 2 cols de basin, un gillet de
ettes, une paire de guêtres & 5 aunes & demie

on annonce une autre offrande, provenant de

www.ingramcontent.com/pod-product-compliance
Lightning Source LLC
LaVergne TN
LVHW010557110826
845149LV00003B/689